NI DE LIANSHANG
YOU CHENGSHI DE WENDU

你的脸上
有城市的温度

王树军 著

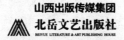

山西出版传媒集团
北岳文艺出版社
BEIYUE LITERATURE & ART PUBLISHING HOUSE

图书在版编目（CIP）数据

你的脸上有城市的温度 / 王树军著. 一 太原：北岳文艺出版社，2017.4
ISBN 978－7－5378－5019－3

Ⅰ. ①你… Ⅱ. ①王… Ⅲ. ①散文集－中国－当代 Ⅳ. ①I267

中国版本图书馆 CIP 数据核字（2016）第 323963 号

书名：你的脸上有城市的温度　　策　划：商爱欣　　责任编辑：贾江涛

　　　　　　　　　　　　　　　封面设计：琦　琦　　助理编辑：畅　浩
著者：王树军　　　　　　　　　内文设计：邱孝萍　　印装监制：巩　璠

出版发行：山西出版传媒集团·北岳文艺出版社
地址：山西省太原市并州南路 57 号　　邮编：030012
电话：0351－5628696（发行部）　　0351－5628688（总编室）
0351－5628695（编辑室）　　传真：0351－5628680
网址：http://www.bywy.com　　E－mail：bywycbs@163.com
经销商：新华书店
印刷装订：三河市天润建兴印务有限公司

开本：660 毫米×960 毫米　 1/16
字数：200 千字　 印张：20. 75
版次：2017 年 4 月第 1 版
印次：2017 年 4 月河北第 1 次印刷
书号：ISBN 978－7－5378－5019－3
定价：49. 80 元

目　　录

我所羡慕的幸福

外国作家中我比较喜欢英籍知名作家彼得·梅尔。喜欢彼得·梅尔不仅仅是因为他清新幽默的文笔，更因为他所选择的生活方式。

彼得·梅尔曾任国际大广告公司的高级主管，在纽约麦迪逊大街的广告业打拼了 15 年之后，于 1975 年开始专职写作。目前他和妻子及两只爱犬隐居于法国的普罗旺斯地区。隐居生活是很多人所向往的，有的人仅仅是向往而已，向往了几十年还在向往之中。虽然逢人就大谈特谈如何向往隐居生活，以及隐居生活的美好，但别人听了只是笑笑而已，因为他不过是向往而已。有的人却付出了行动，像写出了《瓦尔登湖》的梭罗。他一个人隐居在瓦尔登湖畔享受着自己的快乐。

无论在城市里向往隐居生活，还是以实际行动选择隐居生活，都是一个人的生活方式。我更喜欢彼得·梅尔带着爱妻和爱犬隐居的方式。在两个人的世界里，快乐着自己的快乐，幸福着自己的幸福，有爱情陪伴隐居生活的彼得·梅尔无疑是幸福的。

中国香港作家张小娴在一篇文章中写过："你可以奢侈地放一个长假期，去寻找心灵的避难所，你也可以在身边寻找温柔的慰藉。只是找一个宁静漂亮的山区容易，找一个可以陪你住在山区的人太难了吧。"彼得·梅尔找到了陪他住在山区的人，他是幸福的，也是让人羡慕的。因为，两个人的乡野永远比一个人的城市更加美丽，更值得向往。

在自己的远方建一座城堡

在一个亲戚的婚礼上，我见到了表弟。他告诉我，自己又成了无业人员。我已经记不清表弟这是第几次成为无业人员了。和往常一样，他还是一脸的沮丧，还是说自己不是不想干好而是工作不好干。好像所有的工作都对不起他似的。

表弟从农村来到城里后，经常做的一件事情就是托城里的亲戚朋友帮他找工作。大家也很尽力，总是在他成为无业人员之后让他很快走上新的工作岗位。在我的印象里，表弟做过保安、业务员、文员、仓库管理员、质检员、车间主任等工作。可不知是因为工作来得太容易不珍惜还是自己工作不够努力，总是做不了多长时间就又成了无业人员。亲戚朋友早已习以为常，也拿他没有办法。

表弟这次没有那么幸运了，一是亲戚朋友们资源有限，再就是对他这副不珍惜工作的样子早已厌恶，没人再愿意帮他找工作了。表弟哭丧着脸求我帮他找工作，说刚谈了个女朋友，如果找不到工作，人家会和他分手的。我刺激他说，人家和你分手是正常的，和你不分手才是不正常的。我没有立即答应表弟，让他回去反省。

　　一个人要想让自己的状况有所改变，必须在自己的远方建一座城堡。表弟的问题就出在没有在自己的远方建这座城堡。一个人有了远方的这座城堡，就有了前进的目标。当这座城堡对他有足够吸引力的时候，他就会有足够的动力向着远方的城堡行进。为了早日抵达这座远方的城堡，他就不会为途中的坑坑洼洼而徒生烦恼；为了早日抵达这座远方的城堡，他也不会因为路边的花花草草而转移视线；为了早日抵达远方的这座城堡，任何不利于前进的事情，他都会认为是在浪费时间。

　　这座远方的城堡就是美好的未来。

　　如果表弟强烈地想拥有美好的未来，他就不会频繁地换工作。而是从现在从脚下的路开始，矢志不移地朝着远方的城堡行走。这座远方的城堡可以是一把交椅，可以是银行卡里的一串数字，可以是一个旅行的计划，可以是一栋别墅，可以是美好的爱情，可以是科研成果……

　　在为自己建这座远方的城堡的时候，要有清晰的规划：城堡的结构、城堡的形状、城堡的面积，以及城堡的位置都要在心中完整、准确地呈现出来。

一个人成功与否，就在于自己是否在远方建了这座城堡。心中有了这座城堡，就会把一切不利于自己前进的东西视为阻挠自己成功的魔鬼，也就一定会想尽办法战胜魔鬼，继续前进，直至抵达。

两个人的舞蹈

　　我知道，这场雨是为了酿浓我的思念而飘洒的。从梦中刚刚醒来，你还在脑海里对着我微笑，耳畔便响起了雨的脚步声。感谢这场雨早早地光临了我的世界，让我把梦中的情景在清晨一一重现。

　　我的房间里有一扇窗朝着你所在的城市的方向，我拉开窗帘，打开这扇窗。刹那间，一股清凉奔跑进来。在这个季节，如此的清凉显得非常珍贵，又因了这清凉来自你的方向，我尽可能地用肌肤逐一珍藏。

　　无数个日子里，因为前方的城市里有你，我喜欢站在窗前默默地眺望。虽然看不到你的身影，但通往你所在的城市的路上遍地芳香，目光所到之处都会有热流传回体内，温暖着我孤独的心。这个清晨，和往日的情景不一样，因为这场雨的缘故，思念疯长。每一条雨丝里都有我的目光，绵延到远方。

我们的距离很远，我伫立在窗前，形只影单；我们的距离又很近，是这场雨连接起了两座城市，传递着在内心潜藏已久的情思。雨丝带着我的注视，从我的城市出发，为了两颗心的交织，默默地做着信使。它们是自然界最懂爱的精灵，它们知道不能辜负一腔浓浓的思念。如果你也站在窗前，你也拉开窗帘，你也打开了窗子，那你就伸出手去感受一下飘飘洒洒的雨丝吧。无论是落在了手心，还是飘入了袖口，都传递着我的思念。

为了生活，你在你的城市忙碌，我在我的城市忙碌。我们只有在深夜的梦中相遇，也只有在深夜的梦中，我们才能跟着月光的节拍，开始两个人的舞蹈。两个人的舞蹈是多么的美好啊，或共同吃一个苹果，或共同剥一根香蕉，或共同撑一把伞，或共同穿一件外套。然而，无论梦境多么美丽，终究是短暂的。两个人真正的舞蹈不是梦中的相逢，而是尘世里的相拥。期盼这一天早些到来，我们和着时光的节拍，开始两个人的舞蹈。

《诗经》中"执子之手，与子偕老"的诗句温暖过无数人的心灵，也缤纷过无数人的梦境。漫长的人生道路上，相互支撑走到最后的只有两个人。只有两个人的舞蹈最浪漫，只有两个人的舞蹈最美好，只有两个人的舞蹈最珍贵。我珍惜与你的相逢,珍惜与你的相恋,也定将会珍惜与你相拥而行的路程。就让我们共同展开人生的长梦,开始两个人的舞蹈吧。

两个相爱的人的气息融合在一起就会凝成 $1+1>2$ 的温暖。

冲着狗微笑

最近一段时间，小张的情绪极差，因为农夫和蛇的故事在他身上发生了。其中的"蛇"便是他的老乡大刘。

大刘曾经是一名大货车司机，一心想走上仕途，可开了十几年的大货车始终没有走上仕途的迹象。和小张在老乡会上认识后，大刘便攀上了小张。虽然年龄比小张大很多，但是大刘低三下四极力地讨好巴结小张。因了老乡这层关系，加上大刘长时间地摇尾乞怜，小张使尽浑身解数把大刘调进了他所在的单位。谁承想大刘素质不高，因为嫉妒小张，处处搬弄是非。尤其是酒后，更是口无遮拦，把听来的或者臆想的有关小张的负面消息大肆传播。

由于他们是老乡，又是小张把大刘调进来的，同事们常常信以为真或者借此说事，给小张造成了很坏的影响。小张痛苦不堪，天天为此事烦恼以致影响了工作。

　　小张的事情让我想起了上小学时的高同学。高同学本来学习一直名列前茅，因为在上学路上被一条狗咬了一口，就天天想着报复。那段时间，我们经常见高同学手持铁棍或者气枪气势汹汹地在被狗咬的地方等其出现，时刻准备着解心头之恨。然而，不但报复狗不成，还影响了学习成绩，最后因为没有考上初中而早早地走上了打工的道路。

　　我劝小张以高同学为鉴，不要因此影响了好的心情，更不要影响了自己的工作。毕竟，生活中，快乐最重要；工作中，成绩最重要。人生的道路上被狗咬一口是正常的事情，如果因此影响了好心情，甚至前途就得不偿失了。

　　不论像高同学那样遇到真狗，还是像小张那样遇到假狗，最好的方法就是冲它（他）微笑一下，然后继续朝前走。因为对于人生来说，远方的风景比途中的一条狗美丽得多，重要得多。

你为什么不快乐

你不快乐不是因为你没能力，而是因为你把目标定得太高。

人们大都有这样一个习惯，每逢年底，就会盘点一下一年来的收获。达成心中愿望的人自然高兴，达不成愿望的人心里就会不好受，落差越大，心中不快也会越大。

近日来，住在我家楼上的李先生就闷闷不乐。我非常不解，论经济状况，李先生在我们这栋楼里算是比较好的。其他人都是上班族，只有李先生一家做生意，开的车也比别人家好。他会因为收入的问题不快乐吗？

一天，刚吃过晚饭，楼上传来打砸东西的声音，紧接着是争吵声。肯定是李先生两口子又在吵架了。我让妻子上去劝架。妻子说："人家两口子吵架，咱们掺和不合适吧？"我说：

"这怎么是掺和，上去劝架是为了他们好。楼上楼下住着，装听不见也不好。"妻子问："那我上去怎么说？"我说："如果没有打架的迹象，你就装作串门的样子或者随便借个东西；如果是打架，你就对李先生说我找他有事，让他下来。然后，我们分别做他两口子的工作。"随后，妻子便上去了。

不一会儿，李先生果真敲门进来说："你找我有事吗？"我让他坐下，故意开玩笑："马上过年了，都这么忙，你们怎么有时间在百忙之中吵架啊！"

李先生摇摇头说："我妻子真是没法说，我们今年的目标是赚 50 万元，谁知生意难做，才赚了近 10 万元，妻子骂我没本事。完不成目标，我也着急啊。这几天，你也见了，我心情不好。可她不照顾我的情绪，老是和我吵。"

我说："她不该和你吵，你更没必要心情不好。赚 10 万元已经不错了。"

李先生摇摇头说："人活着应该有目标。"我说："人活着，的确要有目标，但目标要有度。你知道你为什么不快乐吗？"李先生茫然地看着我。我说，"你不快乐不是因为你没能力，而是因为你把目标定得太高。"我从书架上取来《随园诗话》，找到一篇给他念道，"余尝语人云：'才欲其大，志欲其小。才大，则任事有余；志小，则愿无不足。孔北海志大才疏，终于被难。邴曼容为官不肯过六百石，没齿晏然。童二树诗云：所欲不求大，得欢常有余。'真见道之言。"

随后，我又给他解释："意思是说，才能越大越好，志愿越小越好。才能大，办事情会有余力；志愿小，愿望会得到满足。孔融志大才疏，结果被曹操所杀；邴曼容做官，不接受超过六百石的俸禄，老百姓无论老幼都安适自在。所欲不求大，得欢常有余，童二树这首诗说得最好。"

李先生高兴地说："好，你是文人，麻烦你给我写副对联，我贴在门上。上联是'所欲不求大'，下联是'得欢常有余'。"我欣然答应。

妻子下来说，李先生的妻子也很喜欢那副对联，并说以后再也不和李先生吵了。他们明白了一个道理：降低欲求，快乐生活才是最重要的。

用眼光相亲

朋友小 Q 又一次相亲，我以一副静待佳音的心态等待结果，得到的竟然是没有成功的消息。原因还是没房，没车，没钱。我深感遗憾，不是为小 Q 感到遗憾，而是为那个女孩感到遗憾。仅仅因为没房、没车、没钱而不看对方的发展潜力，未免太缺乏眼光了。

小 Q 目前处在人生低谷，因为离婚的时候把家产全部给了前妻，他不想因为财产而让这段不幸的婚姻带给他更多的痛苦。虽然是净身出户，万事需要从零做起，但只要有个好的心态，他坚信一定能拥有美好的未来。

我也坚信小 Q 一定能拥有美好的未来。毕竟，小 Q 有才，而且还不是小才。在我所在的这座城市，像小 Q 这样诗、书、画全拿得出手的才子不多。只要再努力上几年，小 Q 一定会大有作为。

现在的好多女孩子都是用眼睛来相亲的，眼睛看到的只是当下，而要看到一个人的未来，需要的是眼光。人的一生中，难免有低谷，谁也不可能永远风光无限。

选择一个有钱的人，他会想，你是奔着他的钱去的，当他没钱的时候，你还会与他在一起吗？选择一个有才的人，他也会觉得你是奔着他的才，奔着他的人去的。当他风光无限的时候，他会念及你有识真人的慧眼和你风雨中的陪伴而与你不离不弃。

对于一个女人来说，嫁给一个能够一生用真心呵护自己的男人最重要。对于一个男人来说，在人生的低谷中愿意嫁给自己的女人最值得珍惜。嫁人是一辈子的事情，女人能用眼光看到男人的价值并嫁给他，意味着嫁给幸福。选对男人，嫁给未来，是对自己一辈子的负责。

珍惜身边的绿色

　　工作累了的时候，到外面走走是很好的选择。尤其是在有绿色的枝叶的地方，无论驻足还是漫步，总能愉悦身心。绿色的枝叶不仅养眼还有缓解情绪的功能。工作疲惫或者心情不好，凝视一会儿绿色的枝叶，疲惫会有所缓解，心情也随之好转。

　　提及绿色，人们首先想到的是室外甚至是郊外。殊不知，其实绿色就在自己身边。发现这一点，是在一个工作累了的下午。那天，视线移开电脑的时候，我像往常一样想到外面看一会儿绿色。可手头的事情多，稍作休息是可以的，到外面走走，时间不允许。于是，便转移视线，希望室内的绿色能对我的眼睛有所帮助。那盆安静地待在角落的植物就在这个时候引起了我的注意。我不知道它的名字，也不知道是否开花，虽然同处一室多时，却始终没有引起我的注意。它的叶子宽大，枝干短小，既不是小巧玲珑的秀美，也不是高大雄健的壮美，在我看来，通体展现的是拙美。正是因为这样，以前才没有引起我的注意。

这盆绿色的植物来自隔壁朋友的办公室，朋友搬走时有意弃之，同事觉得可惜，便让它来到我们的办公室安家落户。因为它的容貌，从未享受过我的护理，虽然我的目光无数次划过它的躯体，但它却始终没有进入我的内心。那个下午，它引起了我的注意，让我的心里动了一下。它不在乎我和同事们是否知道它的名字，只是默默地陪伴着我们，默默地为我们净化空气，默默地为我们的办公室增添一道绿色的景致。

我起身走到它的近旁，让全部的绿色涌进我的眼睛，突然神清气爽。它无声地向我传递着绿色的快乐，让我有所领悟。我要感谢那个下午，感谢这盆至今不知道姓氏名谁的绿色植物。因为它和我们的长相厮守，因为它对我们的默默付出，让我明白了应该珍惜身边的绿色。与其舍近求远到外面寻觅绿色，不如守着身边的绿色享受生活。

因为距离近，身边的美好往往容易被忽视，这是人们常犯的错误。很多事情都是这样，以后我不会再这样了。

不要让往事变成枷锁

当下，很多人生活得不快乐是因为他们把往事变成枷锁，套在了自己头上。

我身边的一些人就是这样，总是陷进往事里不能自拔。小张就是典型的一例。小张时常沮丧，一副对不起天下人的样子。其实并没有什么大事，无非是说错了一句话，做错了一件事，或者是醉酒失态，或者遭遇失败。

看着小张痛苦不堪的表情，我想对他说一句，大可不必。同样姓张，中国香港"60后"言情小说家张小娴就有着清晰的认识。她在《一天之后，已成往事》一文里写道："这些年来做了很多不同的事情，每一次，都很在乎成果，也很在乎自己的表现。那么紧张，自然会给自己和身旁的人很大的压力。渐渐，我发现我把问题看得太严重了。我们习惯了什么事情都联想到一生一世。我以后怎么见人？我这辈子怎么办？别人会怎么看我？其实，除了你自己之外，有谁更在乎呢？快乐或失意，一天之后，已成往事。"

一天中，我们有很多事情需要去做；一年中，我们有制定的目标需要达成；一生中，我们还有很多美好的梦想需要追逐。不要把时间浪费在往事里，把自己束缚在往事的枷锁里，这样除了增加精神负担，苍老身心，没有任何益处。

既然每个人都不喜欢做没有益处的事情，既然把往事变成枷锁没有任何益处，就牢记张小娴的话吧。

一天之后，已成往事。每天都迎着崭新的太阳，迈着崭新的步伐，面对世界露出崭新的笑容，快乐就会成为你生活的颜色。

给外地人一个微笑

　　朋友小张来到我家的第一句话就是："给外地人一个微笑，不但体现了一个人的素质也体现了一座城市的温暖。"我知道他一定是遇上什么事才有这样的感慨，随后听他讲起了今天的经历。

　　小张是坐公交车来我家的。在途中，一位外地老人也上了车。小张迅速环视车内，只有他里面有个空位。小张本打算侧侧身子让外地老人到里面去坐，看到他拿着行李，行动不便，小张就迅速坐到里面，示意他坐在外面。外地老人赶紧笑着说："谢谢。"小张也笑笑："不用客气，没什么。"

　　随后无话，小张塞上耳机，用手机听起了音乐。过了一会儿，外地老人问："你是本地人吗?"小张取出耳机，点头回答："是。"外地老人又问："你做什么工作?"小张回答："在一家公司做普通职员。"外地老人"哦"了一声，说："和我儿子一样，他也在一个公司上班。"小张点头暗笑，这老人家很健谈。

小张牵挂着好听的音乐，沉默了一会儿，就把耳机又塞进了耳孔。这时，外地老人指着窗外一座新建的大厦又问："这是盖的什么楼？怎么这么高？"小张心里颇为不爽，这老人家也太喜欢和陌生人说话了。可又不好扫了老人家的兴，只好再次摘下耳机说："这是文化大厦，是我们这里标志性的建筑。"外地老人转而说："还是你们这座城市好，人很热情，让人感到温暖。我是外地的，刚从儿子家回来，从你们这里倒车再回我家。"随后，外地老人又说，"我儿子工作的那座城市就不行，看城市建设也没我家乡发达啊，可人不行，都很冷漠。本来我打算在儿子家多住几天的，可不习惯。出门和人家打招呼，连个笑脸都没有。通过你我就知道，你们这里的人有素质，我儿子要是在这里工作就好了。"

外地老人的话语把小张触动了，没想到自己最基本的言谈举止却让一个外地人感到了一座城市的温暖。小张突然明白了，给外地人一个微笑对于自己、对于他人、对于所在的城市都是一件重要的事情。

小张的经历让我也很有感触，每一个人都应该给外地人一个微笑。给外地人一个微笑虽然是非常简单的一个动作，却能让一座城市的暖流涌进他们的心里。

笑对生活

今天公园里难得的清静，我坐在中心湖边的那个长凳上一直观察着一个年轻人。在我来公园的时候，他就来了。起初并没有在意，但渐渐发现他的行为有些异常。我马上意识到这也许是一个要寻短见的人，但又不敢确定，所以我只好留心观察着他，一旦有什么意外发生，也好及时地拨打110。

年轻人在湖边站了很久，眼神黯淡无光，脸上写满了悲观。他几次站到湖边的台子上，而后又退了回来。其中一次，他的身子还往前倾了一下。就在我几乎要站起来的时候，他的身体又稳定了。我感觉他一直在做着激烈的思想斗争。为了有所准备，我装出一副无所事事的样子向他靠近。也许是看到我了，他从台子上跳了下来。我立刻止住脚步，故意看他身后的那个广告牌，正好一块儿把他收入视线之内。他也许怕挡住我的视线，向一边走了几步，随后看起了湖水。平静了一会儿，他转过身去默默地走到了公园外面。这时，我的心里轻松了一些，不过是虚惊一场。

我又坐到长凳上的时候，看见那个年轻人并没有走远，他在公园外面的商品零售亭里停住了。他买了盒烟，打开后抽出一支含在嘴里，没有点燃，接着又放回手里；另一只手拿起了商品零售亭里的公用电话。他拿着电话说了几句话，就挂掉了。本以为，这下他该离去了。可是，他又走了回来，还是站到了那个位置。我的心又随着紧张起来。

年轻人点燃手中的烟，猛地吸了几口，紧接着咳嗽了起来。他一边擦着眼泪，一边把剩余的烟丢进旁边的一个垃圾桶里。咳嗽停止后，他长叹了一声，迅速地跳到了湖边的台子上。我的心一下子提到了嗓子眼，赶紧向他走去，并下意识地掏出了手机。就在这时，一个捡垃圾的老太太比我先到他的身边。年轻人回过头，眼睛落在了老太太的身上。惊险又一次化解了。

老太太没有注意到年轻人的举动，她直接走向那个垃圾桶。从老太太颤巍巍地步伐来看，肯定一大把年纪了。她用一根木棍不停地在垃圾桶里翻找着。小小的垃圾桶很快就被她翻了个遍，之后她从里面拿出几个矿泉水瓶和一些纸质的瓜子袋。老太太如同捡到宝贝一般，仔细地把已经揉皱的瓜子袋舒展开和那几个矿泉水瓶捆在了一起。看来，老太太对今天的收获很满意，走时还特意看了看那个垃圾桶，像是在感恩一样。

老太太走后，年轻人从台子上迈了下来，这次他的脸上有了阳光。他的情绪稳定了，我的心也就放下了，可年轻人今天的举动像谜一样，这让我想要弄个明白。我想到了年轻人的烟，就走过去说："兄弟，能否抽你支烟，我今天没带。"说完，我做了个摸口袋的动作。年轻人把那盒烟递给我说："拿去抽吧，反正我也不会抽。"我说了声谢谢，接过烟点了一支，又问："我注意你很长时间了，是不是有什么烦心事?"年轻人笑了笑，说："在这之前我是想跳湖的。"我忙问："出了什么事?"年轻人望了眼湖水，说："我是带着梦想来这座城市创业的，谁知非常不顺，先后做了很多生意都血本无归。被逼无奈我又在一个建筑工地干壮工，可结果老板带着钱跑了。我感觉所有的不幸都降临到我头上了，所以就不想活了。刚才我给家里打了电话，就是想最后一次听听他们的声音。"我又问："看你现在心情好多了，是不是想通了?"年轻人说："看到那个老太太了吗? 是她教育了我。看她那一大把年纪，看她那衣衫褴褛的样子，肯定比我遭受的磨难多，可人家依然乐观地活着，我还年轻，有的是时间拼搏，我为什么不能笑对生活呢!"

年轻人临走时，和我握了握手，我感到他的手充满了力量。

我的心灵别墅

　　在我生活的城市十几公里外有一条小河，是我闲暇之余常去的地方。我虽然不知道它的名字，但它是我心灵的别墅，姑且就叫它心灵别墅吧。

　　这是一条安静的小河，安静恰恰是我喜欢它的缘由。我喜欢这条河带给我的安静，也感谢这条河能够让我安静下来。这里是一片尚未开发的处女地，以它特有的不假雕饰的自然风光吸引着我，如今不假雕饰的地方是多么的难得，让我对它的喜欢无法不与日俱增。我为能有一座心灵的别墅而高兴。

　　我和这条河的缘分是从一个夕阳西下的时刻开始的。那天，因为怀着愁绪便想到远处走走，直到走到这条河的身旁我才驻足。我是被它吸引了，河面虽然不宽，干净的沙子细细密密地从遥远延伸向遥远，久远的历史也无声地落在每一粒沙子上。河水安静地流淌着，像是怕打扰了路人，也像是专注内心不为外界所动。我想，河水肯定是经历了太多的岁月才有了今天的姿态。就是那一刻，我想到了在这里建一座心灵的别墅。

此后，每当心中滋生愁绪的时候，我就会来到这座心灵的别墅。大自然的神奇之手总是能够拂去心中的疲惫，使从城市喧嚣中走出来的疲倦的身心得到抚慰，魂也随之清澈起来。

站在河床上，感受着这里的风景，眼前为之一亮。仰看长天，一览万里，舞动云涛任我歌。极目四周，空旷、美丽、灵动，自然而然地就飘至我的思绪。是啊！来到心灵别墅，此情此景，情因景生，景因情美。

比美丽更美丽的是心灵别墅的风景，比阳光更阳光的是心灵别墅带给我的心情。有一处心灵的别墅会让生活更加有滋有味。

简陋豪华在于心

　　我的朋友小梁原是某乡镇中学老师，借调到县宣传部工作已经五年了。小梁最大的心愿就是能正式调进宣传部，可一直没有办成。今年市文联举办文学大赛，小梁精心创作了一篇小说参赛，期盼着能获一等奖，也为调进宣传部增加些筹码。

　　大赛截稿后，小梁查阅了参赛者名单，心里很是高兴，按资历，按水平，他获一等奖应该没问题。个别熟悉的评委也透出话来，说他应该没问题。小梁更高兴了，分别给我们要好的朋友打了电话。我们为他高兴，期盼着结果后出来给他隆重庆贺。可最终小梁不仅没获一等奖，连优秀奖也没有评上。小梁倍受打击，天天借酒消愁。

　　我见到他的时候，满脸菜色，不修边幅，完全没有了往日的神采。我劝他，活得这么累干吗，把名利放下，快乐生活是最重要的。小梁苦笑着，没有回答，让我中午去他家里喝酒。我说你要是不忙，咱去农村吧，去我认识的一个农民诗人那里，你顺便呼吸一下田野气息，让乡村的风吹散你的愁云。小梁还是苦笑，但答应了。

农民诗人热情地接待了我们，当得知小梁的苦闷时，他拿出了一大摞诗稿说，这些都是我写的，我从不投稿，也不参加什么大赛，更不在乎什么名利，报刊的编辑约稿，我没有答应，村里曾提议让我当村主任，我也拒绝了。对我来说，安静地写诗，安静地生活就是最大的快乐。小梁环视了一圈说，你虽然身居陋室可你面色红润，容光焕发，看上去比我年轻多了，实际上你比我大十岁呢。农民诗人说，简陋与豪华在于内心，一个人内心简陋，居于别墅也不会快乐；一个人内心豪华，居于陋室一样倍感幸福。正所谓古人说的"斯是陋室，唯吾德馨"。我从不认为自己贫穷。我居有屋，食有粮，更有清新的空气，温暖的阳光。远离名利也意味着远离了是非，守一份清净在心，其乐无穷，真的是何陋之有！农民诗人的一席话，让我和小梁由衷地赞叹：他是乡村里的哲人。

这次去农民诗人家里，我和小梁都大有收获，他当即决定不再为获奖及调动的事情而烦恼了，做一个开心的人比什么都重要。是啊，我们无论和同事们聊天还是和友人们见面，只要留心一下就会听到诸如"累啊""忙啊""不容易啊"之类的词汇经常从大家的口中溜出来。忙和累已经成了很多人的生活常态，原因就是都在追求名和利。古人说过天下熙熙皆为利来，天下攘攘皆为利往。如今，很多人还是无法摆脱名和利的束缚。而农民诗人用他的生活状态让我明白了什么是快乐的生活，什么是生活的快乐。农民诗人说得对，简陋与豪华在于内心。与其为了名利疲于奔命还不如做一个守清净在心，享无穷欢乐的人。

忘掉让自己不快乐的人

这次同学聚会，小q没有参加，让人颇感意外。以往他是活跃分子，总会给同学们留下深刻的印象。同学聚会缺少了他，都感觉少了很多快乐。我和小q关系较好，同学们一致建议吃完饭让我去看看他。

见到小q的时候，他正在家里，一脸倦容和往日的神采飞扬判若两人。我问："你怎么了，有什么事情至于让你如此无精打采，连同学聚会都不参加了?"小q无力地笑笑说："最近心情不好，哪里都不想去。"随后，小q说出了缘由。

前段时间，单位一位副局长退休，小q和同事小张都有提升的条件。小q在单位人缘好，工作能力也有目共睹，优势大于小张，大家都认为副局长一职非小q莫属了。小q内心深处也感到没有太大问题了，为了不节外生枝，便处处谨慎小心起来。可随后，小 q 却听到了异样声音。单位里传言说小 q 早就想告副局长了，还说小 q 掌握副局长的很多情况，说得有鼻子有眼儿，连副局长哪天去了洗浴中心都说得很清楚。

小 q 听到后，气得肺都快要炸了，有人在这节骨眼上制造谣言，其用心不言而喻。随后一段时间，谣言越传越多，好像小 q 真的要当副局长似的。副局长见了小 q，脸拉得很长，再也没有了往日的笑容。经过调查，谣言的确是小张散布的，目的就是不让小 q 当成副局长。小 q 气不打一处来，很想找小张打一架，可这样只能让事情更加恶劣。两人都在一个单位上班，撕破脸皮也没有什么好处，小 q 只好憋在心里。让小 q 更加生气的是，当不成副局长无所谓，彻底失去了局长的信任，以后还在局里怎么工作。

小张如此歹毒，真是把他逼到了绝路。小 q 越想越气，越气越想，便把自己气成了现在的这个样子。

听完小 q 的讲述，我给了他两条建议，一是和局长开诚布公地谈一次，相信局长不会不明事理的；二是忘记让自己不快乐的人，权当让狗咬了一口。人活一世，是难免被狗咬一口的。本来就被狗咬了，再为这事气坏了身子，岂不是连连中招！听我说完，小 q 紧皱的眉头舒展了，连连赞同说："是啊，的确应该忘记让自己不快乐的人。"

只有忘记让自己不快乐的人才能做一个快乐的人。人活着，让自己快乐比什么都重要。

绽放自己的美丽

一场淅淅沥沥的小雨，周围宁静了。尽管天气阴郁得让人感觉有些压抑，往日尘土飞扬的天空变得如此清新，我突生了到外面走走的欲望。于是，我打着一把小伞，来到了小区附近的一个小巷里。

应该感谢这场小雨，让我感受到了缘分妙不可言的含义。人是应该相信缘分的，我和那朵橘黄色的小花的相遇，不能不归结为一种缘分。如果雨下得再大一些，如果我还像以前那样忙忙碌碌，即使它再努力地绽放，都不会引起我的注意。往日里人来人往的小巷，因为这场雨的缘故，已经非常空旷了。行走中，我特意前后左右地看了看，只有细细密密的雨丝陪伴在我的周围。有一些雨丝打湿了衣衫，还有一些雨丝挂在脸庞和裸露的手臂上，此时，我打开了心灵的窗户，让更多的雨丝飘进来，极力地感受着这份难得的清凉和潮湿，我的心里增添了缕缕的惬意。那朵橘黄色的小花就在这个时刻出现在了我的面前，它安静地在一个角落里绽放。虽然孤身一朵，虽然地处偏僻，它竟也绽放得如此美艳！让我禁不住为它停下脚步，静静注视。

也许这是这座城市里最静寂的角落，也许这是这座城市里最孤独的花朵。如果不是这场雨，它从绽放到衰败其过程即使非常漫长都不会引起我的注意。所以，因为这场雨，缘分就这样开始了。我蹲下身来，默默地欣赏着它的美艳，尽管我叫不上它的名字，我的心弦却在顷刻间被它触动了。

看着这朵橘黄色的小花，让我想到了时下很多人的生活状态。他们时刻梦想着成为明星大腕或者达官贵人，为此，无不绞尽脑汁地在城市里打拼着。尽管常常身心疲惫，伤痕累累，可在别人面前，还得装出春风满面的样子。完全没有这朵小花活得真实，活得宁静，活得滋润。即使今天，它也不会因为我欣赏的目光而装腔作势，更不会在意我是否知道它的名字。对它来说，守着一份宁静，静静地绽放足够了。尽管是在这样一个不被注意的角落，它依然绽放得如此美艳，谁敢说它的生命不够璀璨？

因为这朵橘黄色的小花，我的心里透进了缕缕阳光。对人生也有了新的认识，人活着何必非得追求轰轰烈烈，像这朵小花一样安静地绽放，也同样拥有美丽的人生！

你的脸上有城市的温度

  在这座城市，来往比较密切的要数我们几个老乡了。不仅仅是因为"老乡见老乡，两眼泪汪汪"的老话，大家在同一个城市里生活，有几个贴心的人，心里是倍感温暖的。尽管此前并不认识，但老乡的身份总能让彼此的关系迅速拉近。每逢礼拜天或双休日，老乡们聚一聚是非常惬意的事情。在一个地级市，同一个县里的人是老乡；在一个省里，同一个地级市里的人是老乡；在异乡，同一个省里的人是老乡；在国外，同一个国家的人是老乡。只要把地域放大，我们和每一个人都是老乡。每个人的内心里都需要温暖，同在一个城市，我们更需要相互温暖。有时，这种温暖就体现在一个微笑或者回应一个微笑上。

  知道了老乡小刘把母亲从农村接到城市的消息后，我和另外几个老乡抽了个周末一起去看望小刘的母亲。得知我们是老乡，小刘的母亲亲切得不得了，握着我们每一个人的手都嘘寒问暖了一阵子。随后，便端着装糖的盘子和水果盘不停地让我们吃。看着小刘的母亲热情地笑容和忙碌地身影，我仿佛回到了老家，温暖的气息扑面而来。

　　坐了一会儿，我对小刘的母亲说："阿姨，一看您就是有福的人，小刘这么孝顺，把您接到了城里。您以后就跟着他在城里享福吧。"小刘的母亲说："我儿子是没得说，但过几天我就回去，城市里我住不习惯。"我说："刚来都这样，住长了就习惯了。还是城市里好，生活方便得很。"小刘的母亲说："住长了也不习惯，还是咱老家好，咱老家的人和城里人不一样，一看你们就和城里人不一样，你们都热情、懂事。"我说："您刚来，对这个城市还不了解。"小刘的母亲说："我已经了解了，那天我等公交车，和一个女的打招呼，人家都没有理我。她年龄还不如我大呢，要在咱老家，还不得主动和我说话。"小刘插话说："你又不认识人家，和人家打什么招呼。"小刘的母亲说："不认识怎么了？都在那里等车，打个招呼也是礼节，可人家把头一扭，硬是没理我。"小刘说："你以后别和陌生人说话，城里不兴这个。"小刘的母亲说："城里毛病就是多，都在中国，怎么咱老家就兴呢？我就是和她打个招呼，又不是求她帮我做什么。"我说："阿姨，您身上有咱老家人的朴实、善良。这事就怪那女士太冷漠了。"我的话随之引起了大家的共鸣。

　　想象着小刘的母亲堆着笑容和人家打招呼遭遇冷脸的场景，我心里很不是滋味。这让一个农村老太太感受到的不是一个人的冷漠，而是一个城市的冷漠。我们每到一个城市都会感受这个城市温暖和宽容。我们也常用一个城市温暖和宽容来衡量一个城市的品位。一个城市温暖和宽容就体现在每一个人的言谈举止上。试想一下，如果我们的父母在外面遭遇冷脸，我们的心情会如何？

　　给陌生人一个笑脸是一个人的优秀品质，城市的温暖和宽容是大家共同营造的，因为每一个城市人的脸上都有城市的温度。

让牢骚永远消失吧

很多人都会有这样的牢骚：房子买不起，工作找不到，升迁没希望，心中的愿望无法达成。我的朋友小 P 和小 Y 就是如此，牢骚伴随着唾沫星子经常从口中以不同的内容飞出。并且从我和他俩认识直到现在，牢骚没有停止过。

这天晚上，小 P 和小 Y 又来到我的住所谈心，主要内容还是发牢骚。小 P 说这次升迁他应该是理所当然的事情，可最终名单里没有他，让他气愤的是几个水平都不如他的同事都升迁了。小 Y 说现在生意难做、钱难赚，从来到城市卖小吃到开广告公司已经尝试了十几种行业，可现在依然租房住，媳妇天天和他吵架。

他俩从来的时候一直到走的时候都在发着牢骚，估计回去的路上还会像往常一样依然彼此交换牢骚，在牢骚中憔悴身心。曾经风华正茂的两个人，如今一个眼袋松弛，一个满脸沧桑。

其实大可不必，与其把时间浪费在牢骚上还不如去干一件有实际意义的工作，就算是读一本书都会有益于个人的提高。他俩走后，我想起了马云，每一个牢骚满腹的人都应该向这个事业卓著的男人学习。马云曾经说过，我永远相信只要永不放弃，我们还是有机会的。最后，我们还是坚信一点，这世界上只要有梦想，只要不断努力，只要不断学习，不管你长得如何，不管是这样，还是那样，男人的长相往往和他的才华成反比。今天很残酷，明天更残酷，后天很美好，但绝对大部分是死在明天晚上，所以每个人不要放弃今天。马云讲得很好，他还说过，抱怨者永远没有机会。

我还有很多在不同行业获得成功的朋友，他们无一例外，都把遇到挫折视为人生中的常态。我以前的同事 M 高中毕业后当了一名矿工，从掘进工做起，凭着个人的努力一路拼搏，现在已经是局长了。每当我对生活发牢骚的时候，他都会说，世上没有遇不到挫折的人，即使有，也是永远没有进步机会的。遇到挫折是好事，优秀的人都会把挫折当成石子铺在脚下，只有这样，人生的道路才会越走越宽，越走越长。我的另一位同事 W 大学毕业分到矿区诊所，只是一名普通大夫，现在已经是某医院的院长了。他的成功法则是：永远不发牢骚，只想不断提高。

作家六六在《你就一直抱怨吧》一文中这样写马云：如果你研读马云的人生，在前 37 年里，他的人生就充斥着两个字：失败。37 岁之后，他突然就飞黄腾达了，秘诀就四个字：永不抱怨。是的，马云是这样的人，所有成功者都是这样的人，就是让牢骚在人生字典里永远消失的人。

让牢骚在个人的人生字典永远消失吧。像小 P 和小 Y 那样发牢骚只能苍老身心，于事业没有任何帮助；像马云及我的朋友 M、W 那样，才会拥有不一样的人生。发牢骚与不发牢骚是两种人生态度，也会出现两种不同的生活状态。经常发牢骚和从不发牢骚就会出现两种截然不同的人生状态。

何必太在乎

　　我有散步的习惯，每天吃完晚饭都要沿着广场走一圈。那天，我正走着，突然听到前边一个人在自言自语地说着什么。我意识到这个人要么喝醉了酒，要么精神有问题，便产生了躲避的想法。于是，我改道进入广场的内侧，加快了步伐，想离他远些。

　　就在我超过他，快速地向前走的时候，那人突然喊我："王老师，连你也不愿意搭理我了吗？"我回头一看，竟然是业余作者小张。我只好走过去说："怎么是你啊？刚才没有看见。你不要多想啊。"小张沮丧地说："我是个没有本事的人，你们谁都看不起我。"没想到小张变得这么敏感了，我是一直很欣赏他的文章的，在我们杂志上给他编发了很多作品。我说："你想多了，没有人看不起你。"小张说："那你刚才为什么不和我打招呼？"

我感到没必要过多的解释，就转移话题问："你最近挺好吧？"小张苦笑了一声说："好什么啊，我现在是糟糕透顶啊。"我忙问："出了什么事情？"小张叹了一口气，给我讲了让他不开心的原因。

前几天，他们单位的同事聚餐。一个同事喝多了酒，对他说："你的工作能力很差，在单位上是没有什么前途的。"这句话如同给小张套上了一个无形的枷锁，联想到自己在单位工作了这么多年也一直没有得到提升，他更加觉得在事业上前途渺茫了。为这事，他已经失眠了好几天。

我说："这不过是一个同事的醉话而已。"小张说："酒后吐真言啊。"我拍了拍他的肩膀说："这根本就是无所谓的事，为这个伤脑筋多没意思。你的文章写得不错，你很优秀的。"小张又叹了口气说："你别说好听的了，我在写作上也已经绝望了。"我不解的地问："这又是为什么？"小张说："一个网友在我博客上留言，说我写的全是垃圾，让我不要再做作家梦了。我现在对自己真的非常失望。这些话天天在我的脑海里过很多遍，我感到所有的人都看不起我。"说完，小张没有理会我，又自言自语地走了。

看着小张的背影，看着他被别人的话语折磨得这么累，我想对他说，一个人在说话的时候，其观点与他当时的水平、心态有很大关联，应该理性地分析，何必太在乎呢！

带着母亲去打工

　　当那枚渐黄的落叶由窗外的某棵大树漫不经心地从眼前飘过的瞬间，临子突然感受到季节在这座城市里已经完成了交替。这个时候，临子又有了出去走走的想法。于是，他默默地走出了家门。

　　这是一条通往他老家的路，临子心情不好的时候就喜欢到这里走走。一年前，他骑着自行车带着娘就是从这条路上来到城里的。那时，他是多么意气风发。可带着娘来到城里一年多了，日子始终过得捉襟见肘。

　　临子的家在离县城几十里远的农村，他爹在世的时候，一家人其乐融融。他爹是个买卖人，一年四季赶集卖小商品。虽然赚不了大钱，但家境还算殷实。可天有不测风云，他爹和他娘在赶集的途中出了车祸，他爹当场毙命，他娘失去了一条腿。

那时，临子刚刚大学毕业，就把娘从农村接了出来。刚开始，日子还是一帆风顺的，他在一家网络公司上班，收入很稳定。可好景不长，公司老总因为投资房地产失败，把网络公司也赔了进去。临子只好下岗了。他在人才市场转悠了几个星期都没有找到合适的工作，为了生计便只好给一家广告公司拉业务。对于他这种没有业务经验的人来说，这是一项没有任何保障的工作。因为没有底薪，他的收入就不稳定，常常忙活一个月一分钱都赚不到。起初，靠着以前有些积蓄还能维持生活，可渐渐地就入不敷出了。临子望着拄着拐杖的娘，感到了从未有过的压力。本来让娘来城里是享福的，没想到赚钱竟这么难！可为了不让娘操心，他每天还是要装出一副阳光灿烂的样子。

　　今天，临子想起这些往事，他突然明白，他就是一株生长在贫瘠的土地上的树苗，他的未来也只能靠自己挺拔地成长。所以，他要加倍地努力，哪怕从最底层做起。想到这里，不远处的那个建筑垃圾堆引起了他的注意，里面有很多废弃的钢筋头、铁丝及钉子，这正好可以让他增加收入。于是，他随手寻了起来。

　　不一会儿，临子就找了有十多斤。他放在地上理顺了，用一根铁丝仔细地捆了起来。他估摸了一下，能卖几块钱，这让他很是兴奋。同时也做好了打算，以后白天就跑业务，晚上就来这里捡这些东西，虽然辛苦一些，只要赚钱就行。

渐渐地，临子有了经验，他把一块磁铁绑在木棍上，像电视上搜寻地雷的士兵一样。把磁铁往建筑垃圾上一放，那些铁东西就会自动吸附在上面。这样省时省力，收获自然也就越来越多。收入增加了，临子对生活也就更加充满了信心。

一天，临子在跑业务的时候看到了一堆更大的建筑垃圾，像小山一样高。他很兴奋，就围着垃圾堆转悠起来。让他没有想到的是，当他走到垃圾堆后面的时候，他娘竟然在那里用磁铁吸着那些物品。

临子喊了声"娘"，快步走过去，扑通一下就跪在他娘跟前。他娘移动了一下拐，说："孩子快起来，你这是干什么？"临子没动，哽咽着说："谁让你来捡这个的？你儿缺你吃了？"他娘说："你虽然不说，我早就知道你晚上来捡这些东西了。我知道你自尊心强，也就没有点破。我在家闲着难受，出来也是为了散心。"临子说："你想散心就去公园，以后坚决不能来这里了。儿子把你从农村带出来，只能让你吃好、喝好，怎能让你吃苦？"他娘说："这怎么算吃苦，我在农村见了柴火还捡回家呢，这些废铁扔在这里也实在可惜。你快起来。"临子说："不管怎么说，你以后不能再来了，你要不答应，我就不起来。"他娘只好说："我答应，以后不来了。"临子这才站起来，走过去拍了拍他娘身上的尘土，然后一只手提了他娘捡的那些物品，一只手搀着他娘往回走了。

路上来来往往的人很多，临子害怕遇到熟人，提着那些物品，总是不停地东张西望。他娘说："是不是有些不好意思?"
临子说："是啊，我为什么晚上出来捡，就是怕碰到熟人。"
他娘说："记住这种经历，会激励着你去开创自己的事业，你
是大学生，只要肯动脑筋、肯吃苦一定能有出息的。"临子使
劲地点了点头。

心灵深处的暖

　　昨夜，阳台上的那盆花把一抹绿色伸进了我的梦里，虽然有些羞羞答答，却让春的讯息丝丝缕缕地缤纷了我的梦境。从梦中醒来，我很是欣喜，快速地走到阳台上，寻找梦中的景色。那盆花依旧安静地留在角落里，花盆有些简陋，是妈妈用一个花生油桶改造而成的。如果不是枯叶丛中露出指甲盖儿大小的两片嫩叶，几乎让人无法感受到它生命的存在。

　　我赶紧喊来妈妈，告诉她这盆花发芽了。妈妈过来看了一下，一脸的笑容，转过身舀来了一茶缸水，从花的根部及至周围一圈圈地浇了起来。我问妈妈："这花叫什么名字?"妈妈说："我也不知道，我从垃圾箱里捡来的，别人肯定以为冻死了，没想到竟然发芽了。"我说："这是爱的力量，因为你对它的呵护。"妈妈笑了："这是生命的力量，因为它感受到了萌发的暖意。"

花叫什么名字对我来说并不重要，在这个季节，有它与我一起微笑，我的心里充满了快乐。有了这份绿意，清新不经意间走进了我的房间，走进了我的心灵。我拉开窗帘，把堆积在外面的阳光放了进来。又把那盆花挪到了一团柔和的阳光里，两片嫩叶立即泛出了青翠的光泽。我禁不住感叹："春天就是从这里冒出来的。"

这盆花能长成什么样子，我不知道。能不能够开花，我也不知道。但我知道，来自春天的声音，不仅仅是冰雪的消融，不仅仅是大地的松动。

我会精心呵护这两片还很稚嫩的叶子。

我不奢求它带给我枝繁叶茂的浓荫，就像不奢求春天带给我热情似火的艳阳一样；在这个早上，让我的房间里洋溢着绿色的芬芳，我已经深深感动。

我不奢求它带给我姹紫嫣红的花朵，就像不奢求家乡的小河带给我波涛汹涌的浪花一样；在宁静的一隅，让我感受到了生命的涌动，我已经热血沸腾。我不奢求它带给我永远的绿色，就像不奢求我的生命永远年轻一样。既然它在我的眼睛里出现过，我就会用心记录心灵深处的暖。

因为这两片嫩叶，我也懂得只要用发现的目光去寻找，收获无处不在；只要用敏锐的心思去感知世界，温暖无处不在。

此时，阳光也充满温情！让人有些陶醉。我顺着阳光的方向抬眼望去，窗外一片明媚。

丰衣足食的乞丐

　　我去同事小张家的时候，正好赶上他们几个老乡商量为家乡捐款的事情。小张老家的人来到城里发展的有很多，有的已经资产几千万。现在老家要修条路，村领导便委托老梁作为家乡代表来城里找小张，让他帮着召集从老家来到城市里的人为家乡捐款。

　　小张义不容辞，立即把几个老乡邀到家里商议此事。老梁首先讲了村领导的殷切希望，并代表家乡的父老乡亲向小张他们表示感谢。

　　小张当即说："都是一个村里的人，说感谢就客气了，村里修路人人有责。我先捐一千。"随后，不少人响应，跟着报出了捐一千、两千、三千等不同的数字。

　　老梁看着本家兄弟大梁说："咱村在城里的人，数你最有钱，你就多捐点儿吧，也是为了家乡做贡献。"

大梁说："我公司今年生意不好，真要我捐，我就捐八百吧。"

老胡不满地说："小张是个普通工人还捐了一千呢，你资产几千万只捐八百不觉得寒碜？"

大梁说："小张有固定工资，我有吗？别看我表面风光，我一天的开支大着呢。"

老胡说："前几天，你还说今年又赚了近百万，怎么一说给家乡捐款就没钱了？谁信啊？"

大梁说："做生意就是这样，一会儿有钱，一会儿没钱，我这会儿真没钱，实在不行，我和小张一样也捐一千吧。"

小张说："修路是村里的大事，你就别哭穷了，你天天吸中华烟，喝茅台，减少消费，多做公益事业多好。"

老梁随后说："大梁，你要没这个能力我不说这话，关键是你有这个能力啊。你每次回去都威风八面的，村里的人都知道你开名车、住豪宅，这次全村人需要你的帮助了，你怎么也得比小张他们捐得多些。"

大梁生气了："捐款是自愿的事，捐多少也是自愿的事。我有钱是我的事，捐多少也是我的事。你不能强迫。"

老胡说："大家都在说这个事，没人强迫你。你就是不捐，别人也拿你没办法。你愿意当一个丰衣足食的乞丐，也是你的事。"

大梁问："我怎么是丰衣足食的乞丐了？"

老胡说："你虽然有钱，可你心灵匮乏，不就是丰衣足食的乞丐吗？"

走出小张所住的小区的时候，老胡的话还在我的耳边回响。把大梁这样的人形容成丰衣足食的乞丐是非常贴切的。

一个人无论多么富有，只要心灵匮乏，就是丰衣足食的乞丐。

记住妈妈的咳嗽

听到妈妈咳嗽的这个夜晚，我才忽然想起这段时间对她的关心少了。心里随之疼痛了一下。刚开始妈妈的咳嗽应该并没有引起我的注意。直到妈妈咳嗽了一会儿，我才意识到妈妈应该是病了。

我赶紧起床，走到妈妈的门口问："妈妈，你是不是感冒了?"妈妈说："没事，你休息就行。"我又问："怎么咳嗽了这么长时间?"妈妈说："我真没事，你赶紧睡觉吧。"我说："我给你倒杯水吧。"妈妈赶紧说："不用，我这里有，你睡吧，你明天还得早起上班呢，休息不好怎么行。"说完，她又催，"你回去睡吧，我也不知道怎么回事，兴许咳嗽一阵儿就好了。"我说："要不我明天陪你到医院看看?"妈妈不高兴地说："都这么晚了，你赶紧休息去。去什么医院，我没事。"

回到床上，我怎么也睡不着了。刚好有一束月光铺在我的床上，妈妈往日操劳的身影在我脑海里浮现起来。我仿佛又看到了妈妈在月光下给我讲故事，看到了妈妈在月光下剥花生，看到了妈妈在月光下摇着扇子哼着儿歌看着我入睡……在农村操劳惯了的妈妈来到城里也是忙忙碌碌的。不仅主动承担了所有的家务，还默默地为每一个家庭成员做着后勤工作。这就是妈妈，她一心为这个家着想，更在为儿子着想。即使今晚在不停地咳嗽，还牵挂着儿子的休息。而我，直到妈妈咳嗽的时候才想起关心她来。

　　近段时间以来，我一直忙于工作和应酬，总是早出晚归。虽然和妈妈每天都能见着面，但是竟然忘记了关心她老人家的身体。也许我忙得有理由，毕竟我要为了一家人的生活打拼，毕竟男人应该要有自己的事业，但是也不该忽略了对妈妈的关心。躺在床上，我禁不住自责起来。

　　人往往就是这样，因为和身边最亲的人天天见面就忽略了关心；因为觉得还有时间和机会就忽略了身边最亲的人最需要的关心。尤其是满头白发的妈妈，更应该让我们时时地牵挂在心。

　　今晚，听到了妈妈的咳嗽，我心里疼痛了，也知道了妈妈在心中的那个位置。在以后的日子里，我要记住今晚妈妈的咳嗽，以便及时提醒自己要想着关心妈妈，永远记着妈妈在心中的那个位置。

别把机会拒之门外

自从小弟离婚后，我们全家人为了让他早日重组家庭都积极行动起来了。我爸爸还特意组织召开了家庭会议，宣布成立"小弟续弦委员会"。他老人家垂帘听政，由我担任小弟续弦委员会主任——享受我家一把手待遇。此后，全家人就喊我王主任。深感责任重大的我积极号召大家努力工作，尽最大限度去搜集名单，整理资料，然后优胜劣汰，安排小弟逐一见面。

近一段时间，小弟辛苦地奔波于各个见面地点，可谓是阅美女无数。然而，他竟然没有一个满意的。这让我大伤脑筋。在我看来，和小弟见面的美女都很优秀，可就是达不到他的要求。气得妈妈骂他是打光棍的命。我也生气，他这不是为难我这小弟续弦委员会主任吗？

一年之后，小弟依然单身。爸爸将责任推到我身上，说在我领导下的小弟续弦委员会不作为。我纠正说，不能说不作为，顶多算是工作没成效。摊上这么个弟弟，省长挂帅也难有成效。

把所有的美女资源都挖掘尽了，小弟续弦委员会也没了当初的积极性，这次是真的不作为了。

一天，小弟找到我问："王主任，我最近闲得慌，你怎么不安排我见面了？"

我摇摇头："我觉得你这个续弦委员会就算是妇联主办的，恐怕也无济于事。那么多美女，都让你错过了。"

小弟叹了口气："我最近重新回顾了我的相亲历程，还真有几个不错的。唉，后悔也来不及了。"

我说："我给你讲个故事吧，有一个人死后到了天堂，生气地质问上帝，你不公平，为什么没有给我机会，让我一生穷困潦倒。上帝说，我给你机会你也抓不住的。那人不信。上帝说，不信咱就试试。上帝让那人又回到了人间。一天，那人正坐在家里，听到有人敲门，便问，谁啊？外面说，快开门，我是机会。那人不信，说，快走开，我不相信机会会主动找上门的。第二天，又有人敲门。那人问，谁啊？外面说，快开门，我是机会。那人还是不信，要说第一次是机会的话，机会不可能来第二次的。便说，我不信，快走开。第三天，还有人敲门。那人问，谁啊？外面说，快开门，我是机会。那人冷笑了一声，要说以前是机会的话，已经被我轰走了两次，怎么会来第三次呢？便大声喊，快走开，不要欺骗我了。那人来到天堂又质问上帝，你还是没有给我机会啊？上帝说，我让机会敲了你家房门三次，你都没有打开。那人后悔不已，连说，都怪我不相信那是机会。"

小弟听完，叹了口气："我失去了不止三次机会啊。"我拍了拍他的肩头："抓住以后的机会吧，要不真应了咱妈的话，你就是打光棍的命了。"

小弟点点头，走了。我还想告诉他一句话，一个人要学会辨别机会，抓住机会，不要把机会拒之门外。一个人之所以失败往往就是让机会悄悄溜走，他还浑然不知。

守一份清静是福

我一直认为能够在尘世里守一份清净是前世修来的福气。无论外面的世界多么热闹，对于我来说，最大的乐趣莫过于读书、写作、品茶，独享清净。陶渊明在诗中写道："智者乐山山如画，仁者乐水水无涯。从从容容一杯酒，平平淡淡一杯茶。细雨朦胧小石桥，春风荡漾小竹筏。夜无明月花独舞，腹有诗书气自华。"我虽然腹中没有诗书，也达不到古人的境界，却也喜欢静对时光，或侍弄花草，或写文习字，在清净中感知人生的快乐。

上初中的时候，甲君、乙君和我是最要好的朋友，我们三人都出生在贫寒家庭，每周要步行六千米的路程，到位于一个荒岭上的中学上学，我们因此自称为"岁寒三友"。二十多年过去，我们又在同一个城市生活，依然过往甚密。甲君大学毕业后成为公务员，现已是副局长；乙君没有考上大学，高中毕业开始经商，现拥有几千万资产。而我，初中没有上完便开始四处打工，因为追逐最初的文学梦想，做了自由撰稿人。

同学相聚，除了共同回忆旧日的时光，少不了来些相互吹捧的事情。甲君、乙君难得闲暇，到我陋室小聚。甲君说羡慕乙君，现在有钱就是大爷。乙君说羡慕甲君，现在有权才是大爷。看着他俩洋洋得意的样子，我淡然一笑。二人转而说最羡慕我，现在独得清净方能称得上大爷。玩笑话自然以玩笑对待之，我于是调侃，你俩如此说来，当年的岁寒三友现如今已经变成了一富一权一清净三大爷了。三人笑作一团。

席间，甲君接到电话，要参加县长主持的会议，便在无奈中匆匆离去。乙君笑着说，我和甲大爷整日忙碌没有清闲，难得清净啊。随后感叹，其实咱当年的岁寒三友如今的三大爷，只有你最幸福，我和甲大爷只有羡慕清净的份儿，而你是真正的清净，真正的大爷。我说，清净不仅是环境，更主要的是心境。

有清净之地是福，保持清净的心境更是福。每个人的生活环境和工作环境不同，不用刻意地去追求清静之地，无论何时、何地，只要坚守清净的心境就是有福之人。

梁实秋先生在《寂寞》一文中写道："我的朋友萧丽先生卜居在广济寺里，据他告诉我，在最近一个夜晚，月光皎洁，天空如洗，他独自踱出僧房，立在大雄宝殿前的石阶上，翘首四望，月色是那样的晶明，蓊郁的树是那样的静止，寺院是那样的肃穆，他忽然顿有所悟，悟到永恒，悟到自我的渺小，悟到四大皆空的境界。我相信一个人常有这样经验，他的胸襟自然豁达辽阔。"

　　看了梁先生的文章，我也相信，只要坚守清净的心境，都能胸襟豁达辽阔。

任何经历都是收获

在这个热火朝天的季节，我参加了一个文学团体在乡村组织的笔会。平日蛰居在城市里，难得呼吸到田间清新的空气，又一下子认识了这么多文友，这次活动可谓是收获颇丰。接下来，一位老师的话语更是让我感到不虚此行。

文友们都是带着自己的文学梦想来参加笔会的，也都渴望在这方面有所收益。那位老师问大家："有不知道川端康成的吗？"他的话音刚落，大家都笑了。日本著名作家，诺贝尔文学奖获得者川端康成谁会不知道呢？那位老师又问，"川端康成的身世有不知道的吗？"此时，有很多人举起了手。那位老师便讲起了川端康成的经历。他说，"川端康成经历过很多的不幸，他两岁的时候父亲去世了，三岁的时候母亲去世了，七岁的时候外祖母去世了，十六岁的时候外祖父也去世了。这个时候，他的身边已经没有一个亲人了。还没有成年的他，遭受的打击可谓是接踵而至的。在日本最底层的社会里，年少的川端康成不得不开始流浪生涯。但是川端康成没有抱怨，他把经历的种种不幸都化作与命运抗争的无穷动力。所以，他成为伟大的作家了。"大家听完之后，齐声对川端康成赞扬起来。

过了一会儿，那位老师又问："有知道小野一郎的吗?"这时，大家都愣住了，你看我，我看你，还不停地用眼神相互询问，小野一郎是谁？有个文友站起来问那位老师："听名字也是个日本人，是作家吗？还真没有读过他的作品。"当大家都表示不知道小野一郎的时候，那位老师笑着说："小野一郎曾经和在座的诸位一样，是个文学青年。但是他经历了一点挫折就放弃了自己的追求，天天抱怨命运对他的不公。所以，现在没有人知道他的名字。"听到这里，大家都笑了起来。那位老师接着说："大家先别笑。仔细想想这两个日本人会带给我们怎样的启示呢？其实，任何人都会经历不幸，对于一个成功者来说，任何经历都是收获。"这时，全场爆发出雷鸣般的掌声。

参加完笔会，我的心一直被那个老师的话所触动。我从十五岁就来到城里打工，也曾抱怨命运对自己不公。现在我才明白：无论出身多么低微，也无论经历怎样的挫折。只要有积极的人生态度，任何经历都是收获。

丝丝缕缕都是爱

　　我的妈妈是个不太爱说话的人。在家里，她总是喜欢默默地坐在一个角落做着自己的事情。我们一家人在一起闲聊时，妈妈也极少参与。我们总是把妈妈戏称为我们家忠实的听众。

　　妈妈虽然不爱说话，心却非常细。我时常在妈妈的默默无语中感受着无微不至的关怀。有一次，我接到单位的电话，让我第二天早上早点出发。这本来是件很平常的事情，我也没和妈妈打招呼。可第二天早上，我刚起床就闻到了水饺的香味。我马上明白了，和以前一样，又是妈妈早起来给我包的。出发需要早走，我也不喜欢这么早吃饭，但根本无法阻拦妈妈。我曾多次说她，要不你就晚上包好，早晨直接下，省得这么早起来休息不好。妈妈总是说一句"水饺还是吃新鲜的香"就走开了。

单位的应酬多，时常要到很晚。有时累得我回到家只想赶快睡觉，可要是赶上第二天还有重要安排，就想把衣服熨一下。看到老婆和孩子已经进入梦乡，我的睡意也上来了，只好将就了。可一早起来，妈妈早把衣服熨好挂在衣架上了。妈妈还是忙她的，就像这件事不是她干的一样。

妈妈每天晚上总是要等我回家才睡觉，我每次都说她，不用等我。妈妈每次都是那句话，"你不回来，我也睡不着"。因为这样，我从不在外面过夜。

这么多年来，妈妈始终默默无闻地做着这些事情。我真真切切地感到：这丝丝缕缕都是爱！

爱的力量

　　隔壁李大姐康复出院了，我便过去看望。虽然刚刚经历了一次鬼门关，但是她的脸上始终洋溢着微笑。随后，她给我讲述了那天发生的事情。

　　那天，即将做妈妈的她正站在家里抚摸着凸起的肚子，她一边望着窗外的风景，一边给腹中的孩子唱儿歌。没想到，一辆大卡车因司机酒后驾驶撞塌了她家的房子。她温馨的小家顿时成了一片废墟。陷在黑暗的废墟深处的她摸着弯曲、裸露的钢筋和冰冷、断裂的水泥板，这让她宛如置身恶魔的牢笼。虽然她还没有死亡，可被深深地埋在废墟里，她绝望了。从来没有感到生命是如此脆弱，她的手还抚摸着腹部，想到或许尚未出生的孩子和她很快就会从世界上消失，她的身体在不断地颤抖。当时，她的心里充满了恐惧。

很快，她就听到了丈夫的叫喊声。丈夫声嘶力竭的叫喊，让她感受到了丈夫的爱。她赶紧回应，可无论她怎么喊叫，外面一片嘈杂，丈夫根本听不到她的声音。依旧声嘶力竭地叫喊："宝儿，我的宝儿；宝儿，我的宝儿……"

丈夫一直把她视为手心里的宝儿。平日里一直喊她宝儿。听到了丈夫的声音，她不再感到绝望。她知道外面肯定有很多人正在极力地营救。她觉得此刻应该保存体力，只有这样才有生还的希望。她抚摸着凸起的肚子，感受着胎动，她觉得浑身充满了力量。她在心里对孩子说，会有人来救咱们的。咱们一定要好好地活下去。

又不知过了多长时间，外面传来搬动水泥板的声音。她的泪水夺眶而出。随后，她开始大声地呼喊："我还活着！我还活着！"这时，外面有人兴奋地说："快点，快点。"随后，搬动水泥板的声音加速了。没过多久，外面便透进来一道亮光。有人在喊："你没事吧？"她一边兴奋地回答："我还活着，我没事。"一边抬起了头，看了看外面的丈夫和消防战士。她放下心来。还不断地对前来营救的战士说："我和孩子没事，谢谢你们。"随后，她就被送进了医院。

听着她的讲述，我都一直感到非常后怕，李大姐一边抚摸着肚子，一边望着丈夫，微笑着说："通过这次事故，我深深感到危难之时只要你想着爱你的人和你爱的人，就会变得非常坚强！"

你是"蜉蝣之辈"吗

袁枚在《随园诗话》卷一第九中写道:"以昌黎之倔强,宜鄙俳体矣,而《滕王阁序》曰:'得附三千之末,有荣耀焉。'以杜少陵博大,宜薄初唐矣;而诗曰:'王、杨、卢、骆当时体,不废江河万古流。'以黄山谷之奥峭,宜薄西昆矣;而诗云:'元之如砥柱,大年若霜鹘。王、杨立本朝,与世作郛郭。'今人未窥韩、柳门户,而先扫六朝;未得李、杜皮毛,而已轻温、李:何蜉蝣之多也!"

意思是说,以韩愈倔强的性格应该是鄙视骈体文的,然而在《新修滕王阁序》中却这样写道:"能够附在为滕王阁撰文的王勃、王绪、王仲舒三人之后,我是很荣幸的。"按照杜甫渊博的知识,应该鄙夷"初唐四杰"那些诗人的,然而他却在诗中写道:"王杨卢骆当时体,轻薄为文哂未休。尔曹身与名俱灭，不废江河万古流。"按照黄庭坚奥峭的诗风，应该轻视"西昆体"的，然而他在诗中写道："元之如砥柱，大年若霜鹄。王杨立本朝，与世作郛郭。"而如今的文人还没有望见韩愈、柳宗元的门径，就先否定六朝的古文；还没有得到李白、杜甫的皮毛，便先轻视温庭筠、李商隐的诗作，这种"蚍蜉撼大树"的现象实在太多了。

袁枚先生说的这些"蚍蜉之辈"，在今天依然很多。甚至有些人别说望见韩愈、柳宗元门径，得到李白、杜甫的皮毛了，甚至刚刚提笔就已经自以为是了。一个人在艺术的道路上到底能走多远，这与个人的境界是分不开的。

蚍蜉之辈只能在自己的小圈子里自娱自乐，自视甚高。因为他们永远不懂得：承认别人的成绩，尊重别人的贡献不仅是一个人修养的体现更是一个人水准的体现。

年味浓郁的老家

　　新年越来越近了，心河里不时地荡起涟漪，一层一层地涌向远在农村的老家。尽管全家人都已来到城市，并且近二十年了，但老家一直是心中的思念。只要临近年关，对于家乡的思念便会浓烈起来。家乡的山山水水、角角落落开始不断地光临我的思绪，我开始逐渐觉得心不在城市里了。

　　说起过年，老家的年味比我所在的城市里浓郁多了。一进入腊月，老家里的人们就开始忙碌起来了，每天都有做不完的事情，为过年储备食品、增加新衣服，购置祭祖、拜神的各类用品，还要贴对联、放鞭炮等。俗话说：腊八粥过几天，漓漓拉拉二十三；二十三，祭灶官；二十四，扫房子；二十五，炸豆腐；二十六，去割肉；二十七，杀年鸡；二十八，把面发；二十九，蒸馒头；三十晚上，熬一宿。这些统称为忙年。年，虽然忙，但忙并快乐着。每逢过年，我老家都有这样的场景：笑容挂在每一个人的脸上。

想着老家的过年情景，就想回老家过年。

老家，一个多么温暖的词汇。

过年，一个多么快乐的时刻。

回老家过年，自然是温暖的、快乐的，幸福自然也会大幅升值。

吃晚饭的时候，我把回老家过年的想法和家人说了。爸爸妈妈很是高兴，只是担心不好买票和车上太过拥挤，毕竟老人孩子出门不方便。妻子则说："在城里过了这么多年，不一样过得挺好吗？为啥非得回去？"我说："回老家过年有和在城市里过年不一样的乐趣。"妻子说："老家里生活用品什么都没有，我们回去怎么吃饭？怎么生活？"我说："老家里有老房子，有我们的根，有我们的父老乡亲。虽然生活用品什么都没有，但可以买，现在物质这么丰富，只要带着钱，什么都会有的。"

最后，全家人一致通过了我的提议。我兴奋地开始做起回老家过年的准备工作来。做着做着，心就不在城市里了，眼前飘来了年味浓郁的老家。

你是梦中唯一的风景

　　无数个夜里，你随月光而至，缤纷着我的梦境。今夜，和往常一样，你又成为梦中唯一的风景，我愿在这样的夜里长睡不醒。

　　梦中，你玲珑有致的曲线在朦胧的夜色中宛如一幅精致的仕女图。我的目光始终停留在你的身上。

　　此时，如果我是画家，我一定勾勒出一幅动人的图画。说不定就能成为一幅旷世经典之作。遗憾的是，我不是画家，连简单的技法都一窍不通。我只有静静地注视着你，欣赏着你，默默地在心里描绘着每一个柔美的线条。

　　在这个美丽的时刻，你把我带进了一幅浑然天成的画卷；在这个美丽的时刻，你让我忘记了是在梦中还是从前。

　　随着光线的明亮程度，我能感到月亮已经由中天慢慢地向下移动。如果拉开窗帘，甚至能看到月亮行走的弧形的痕迹。月亮是带着时间行走的，时间是碾着我的心行走的。这个月色柔柔、美丽迷人的夜晚，这个情思飞扬、思绪绵长的夜晚，让我多么想与心中的美丽共同舞动于月光里。我的心里早已响起了曼妙的舞曲，此时此刻正随着心愿在房间里蔓延。我又开始对着远方说：心中的美丽，你是否已经听见潺潺流淌的音乐？你是否也会像我一样，渴望在这个时刻，在爱情的圣殿里翩翩起舞？你是否和我一样，希望把梦中的场景一一实现？

　　日有所思，夜有所梦。所有的梦境与白天心灵的跳动是分不开的；白天心灵的跳动与远方的你是分不开的。我夜夜托嫦娥传递思念，你举头望月的时候，就会看见满载着我的情感的诗句：今生注定远行／驻足远方的梦境／你是梦中唯一的风景。

感受到心脏的存在是幸福

朋友张遇到了心仪的女子，并很快步入了热恋期。和别人不同的是，他没有赞美爱情的幸福，而是大倒苦水，说什么爱上一个人的时候太累。

朋友心爱的女子在另一个城市工作，两人虽然不像牛郎织女那样一年才能见上一次面，可一年之中也不过见几次面而已，他大部分时间都在相思中度过。如今，李白的《秋风词》是朋友张最喜欢的词作，每次见面的时候，他都会给我们深情吟诵："秋风清，秋月明，落叶聚还散，寒鸦栖复惊。相亲相见知何日，此时此夜难为情；入我相思门，知我相思苦，长相思兮长相忆，短相思兮无穷极，早知如此绊人心，何如当初莫相识。"

看着朋友张一脸的忧伤，我说："生活在当下，你比古人幸福多了，如今的联系方式这么丰富，电话、短信，以及 QQ 都可以随时解你的相思之苦。"朋友张说："当你像我一样遇到爱情的时候你就会明白的，虽然电话、短信，以及 QQ 都可以临时舒缓一下相思之苦，毕竟治标不治本。相思不能相见，这是非常难受的一件事情，你会为她茶不思、饭不想，每时每刻脑子里都是她的影子。"随后，他感叹着说，"有时想想，我非常怀念没有遇到爱情之前的日子，生活平淡如水，心灵安静。如今可好，为伊消得人憔悴。"

尽管朋友张这么说，我知道他是衣带渐宽终不悔的。虽然相思很苦，但有一个思念的人终归是幸福的。因为这个人的存在，才能感受到心脏的存在；因为这个人的存在，才能经常抚摸一下心脏的位置。

在喧嚣的世界里，感受到心脏的存在无疑比忘记了心脏的存在更幸福。如果有幸遇到了心爱的人，一定要珍惜，一定要感恩，是她（他）让我们知道了心脏的位置。

安静在《瓦尔登湖》里

　　知道梭罗是因为诗人海子写过一首《梭罗这人有脑子》的诗；喜欢梭罗是因为看了他的《瓦尔登湖》；知道《瓦尔登湖》是因为海子在卧轨自杀时，身边就放了这本书。可见海子对《瓦尔登湖》的喜爱。

　　海子在诗中写道：1. 梭罗这人有脑子/像鱼有水、鸟有翅/云彩有天空/2. 好在这人不是女性/否则会有一对/洁白的冬熊/摇摇晃晃上路/靠近他乳房/凑上嘴唇/3. 梭罗这人有脑子/梭罗手头没有别的/抓住了一根棒木/那木棍揍了我/狠狠揍了我/像春天揍了我/4. 梭罗这人有脑子/看见湖泊就高兴/5. 梭罗这人有脑子/用鸟巢做邮筒/两封信同时飞到/还生下许多小信/羽毛翩跹/6. 梭罗这人有脑子/不言不语让东窗天亮西窗天黑/其实他哪有窗子/梭罗这人有脑子/不言不语做男人又做女人/其实生下的儿子还是他自己/7. 灯火的屋中/梭罗的盆/——一卷荷马/这人有脑子/以雪代马/渡我过水/8. 梭罗这人有脑子/月亮照着他的鼻子/9. 那个抒情的鼻子/靠近他的脑子/靠近他深如树林的眼睛/靠近他饮水的唇（愿饮得更深）/构成脑袋/或者叫头/10. 白天和黑夜/像一白一黑/两只寂静的猫/睡在你肩头/你倒在林间路途上/让床在木屋中生病/梭罗这人有脑子/让野花结成果子/11. 梭罗这人有脑子/像鱼有水、鸟有翅/云彩有天空/梭罗这人就是/我的云彩，四方邻国/的云彩，安静/在豆田之西/我的草帽上/12. 太阳，我种的/豆子，凑上嘴唇/我放水过河/梭罗这人有脑子/梭罗的盆/——一卷荷马。

感谢海子，让我走进了《瓦尔登湖》，在《瓦尔登湖》里感受着安静的真谛真是一件收获极大的事情。

正如梭罗自己所说"我走入森林，是因为我希望认真地生活，去面对生命的根本，看自己是否能学会生命要教给我的东西，而不是在临死之前才发现自己从未真正生活过。我不希望过无法称为生活的日子，生活是如此的可爱；我也不希望任命运的摆布，除非必须如此。我想深刻地生活，汲取生命所有的精华"。1845 年 7 月，梭罗向《小妇人》的作者阿尔柯特借了一柄斧头，就孤身一人，跑进了无人居住的瓦尔登湖边的山林中，自己砍伐木材，在瓦尔登湖畔建造了一个小木屋，并在小木屋住了两年零两个月又两天的时间。

《瓦尔登湖》详细记载了梭罗在瓦尔登湖畔这段时间的生活。梭罗虽然毕业于世界闻名的哈佛大学，但他没有选择常人的生活方式，尽管他有发财的机会。梭罗的父亲是铅笔制造商，他有一个时期也研究这行手艺，他相信他能够造出一种铅笔比当时市面上的铅笔更好。他完成他的实验之后，将自己的作品展览给波士顿的化学家与艺术家看，由此获得了他们的证书，证明他的产品可以与伦敦最好的产品相媲美，此后他就满足地回家去了。

　　他的朋友们纷纷向他道贺，以为他已经开辟出了一条生财之道。但是他回答说："我以后再也不制造铅笔了。"还说，"我为什么要制造铅笔呢？我已经做过一次的事情我决不再做。"这就是梭罗，一个安静在自己的世界里只做自己喜欢的事情的梭罗。

　　梭罗在瓦尔登湖畔，过着非常简单、原始的生活。来到瓦尔登湖畔之后，他认为找到了一种理想的生活模式。在这两年多的时间里，梭罗自食其力，他在小木屋周围种豆、萝卜、玉米和马铃薯，然后拿这些到村子里去换大米。生活是简单的，灵魂是安静的，梭罗就这样安静在自己的安静里，快乐在自己的快乐里。无论是梭罗所处的时代还是当今社会，他都给人们开创了一个特立独行的生活模式。这种生活模式，很多人都向往过，可还有谁能够像梭罗一样耐住寂寞、专注内心，成为行动者与发言人呢？

在《瓦尔登湖》里，梭罗发出了"不必给我爱，不必给我钱，不必给我名誉，给我真理吧"的心灵呼喊。他还在《经济篇》中写道："大多数人，甚至在这个较自由的国度里的人，也由于无知加上错误，满脑子装的都是些人为的忧虑，干的全是些不必要的耗费生命的粗活，这就造成了他们无法去采摘生命的美果。他们的手指因干苦活过度而笨拙不灵，颤抖得格外厉害，要采摘美果已无能为力。的确，从事劳动的人无暇日复一日地使自身获得真正的完善；他无法保持人与人之间的最高尚的关系，他的劳动一进入市场便会贬值。他除了充当一部机器外，没有时间做别的。他如此经常动用他的知识，又怎能想起自己的无知呢？——而这是他成长的需要。对他进行评价之前，我们有时还得免费供应他吃饭、穿衣，并用提神的饮料使他恢复精力。我们天性中最优良的品质，一如水果上的粉霜，只有小心轻放才能保全。可是，我们对待自己也好，彼此相待也好，都不那么体贴。大家知道，你们当中有些人是贫困的，度日维艰，有时可以说连气都喘不过来。我毫不怀疑，阅读本书的人当中，有的确实吃了饭而无力付还全部饭钱，或者无力偿付那些快要或已然磨坏了的衣服和鞋子，可你们还是从债主那里挖走了一个小时，用这段借用或偷来的时间阅读这本书。显然，你们许多人都过着十分低微卑贱的生活，这个我靠磨炼出来的经验一眼就看得清；你们老是处于没有回旋余地的境地，想要着手干点营生，设法摆脱债务，而这却是一个十分古老的泥坑，拉丁文称为 asalienum——别人的铜币，因为古时有些钱币是用铜铸造的；你们仍然靠这个别人的铜币活着、死去、埋葬掉；你们老是答应明天要偿还，明天要偿还，可今天却死掉了，无法偿债；你们老是设法去讨好人家，求人照顾，使尽各种方法，只要不是犯罪进监牢；你们撒谎、阿谀、投票，自己缩进一个谦恭礼貌的硬壳里，要不就自己膨胀起来，笼罩在一层浅薄浮夸的慷慨大方的气氛之中，这样才能使左邻右舍相信你们，让你们给他做鞋、制帽、做衣服、造马车，或替他添置杂货；你们把钱物藏在一口旧箱子里，或藏在一只外面涂了泥灰的袜子里，或为了更加保险起见，藏在一个用砖头砌成的库房里，无论藏在什么地方，也无论钱物是多还是少，你们以为这样一来便可积蓄点钱物来应付生病的日子，殊不知反而把自己累病了。”

梭罗是智慧的，他的特立独行更体现了他对智慧的实践。因此，他的一生都快乐在自己的王国里。

《瓦尔登湖》是梭罗安静思考的结晶，也是伟大智慧的体现。美国著名作家、思想家爱默生评价他说：“梭罗是一位天才人物，性格迥异，对农民们来说，他是一位最娴熟的勘测者，甚至比他们更了解他们的森林、草地和树木，但是他更是一位了不起的作家，写出了美国最好的书。”《瓦尔登湖》的译者在序言中写道：“你能把你的心安静下来吗？如果你的心并没有安静下来，我说，你也许最好是先把你的心安静下来，然后你再打开这本书……"

是的，这的确是一本只有先安静下来才能更好地去阅读的书。在心境安静的时候，安静在《瓦尔登湖》的安静里，安静地阅读，安静地思考，便会体味到英国著名女作家乔治·艾略特的话："《瓦尔登湖》是一本超凡入圣的好书，严重的污染使人们丧失了田园的宁静，所以梭罗的著作便被整个世界阅读和怀念了。"

梦里又回老家

　　和我一样离开家乡的人，就能体会到我思乡的心情。居于城市，整日繁忙，只能够在梦里回到老家。和我一样离开家乡的人，就能知道梦回老家也会成为习惯的。我就是这样，一连几夜梦回老家，今晚依然如此。

　　在梦里，家乡的山山水水、角角落落清晰地在眼前呈现着，时时刻刻温暖着我的心，牵动着我的记忆。老家虽然是农村，可这里有美丽的自然风光及浑厚的文化底蕴，从而形成了独具特色的魅力。到这里的人们无论是行走在淘河岸边，还是流连于玉皇山中，无不被这里美丽的田园风光所吸引；无论是驻足于田间地头，还是停留在街头巷尾，无不被旧时的记忆所感染。和我离开家乡时一样，村庄掩映在茂密的绿色之中，处处绿树成行，枝繁叶茂。

畅游在家乡的山水之间，醉情于这光怪陆离的湖光山色。我恨自己不是画家，这里的石，这里的溪，这里的花，这里的草，这里的角角落落，枝枝叶叶，哪一点不能成为一副名作？我恨自己不是摄影家，这里田间交错的阡陌，这里林荫铺就的小道，哪个角度不能成就一幅经典之作？

　　但，我又深深地明白，这里有拍不够的绿色，写不完的乡情，描述不尽的诗意。

　　不信，你听那雀的啁啾，燕的呢喃；你看那山的妩媚，水的柔情，花的娇艳；你品那甘甜的水；你尝那丰富的土特产。只要用心去感受，思绪里就会飘来陶渊明的《桃花源记》；只要用灵魂去感悟，脑海里就会涌出余秋雨的《江南小镇》。置身在如诗如画的家乡，我最喜欢的就是用心去聆听。

　　梦境是美好的，也是短暂的，每次从梦中醒来，都倍感很不过瘾，只好将梦中家乡的山水，纯朴的民风，统统装进记忆，慢慢地品读，细细地回味。感谢有这样的梦境，让家乡永远清晰地在我的心中。

我"文体结合"的健身方式

以前，我总觉得自己年轻，吃嘛嘛香，身体倍棒，没有把健身放在心上。身边的一些朋友有的参加户外运动，有的泡健身房，有的早晨跑步，还有的参加自行车俱乐部，他们都建议我积极行动起来，参与其中。可我以一个"忙"字为理由，始终没有把健身提到日程上来。

直到发现自己手颤抖，并且越来越严重，才意识到了健身的重要性和必要性。刚开始发现手颤抖的时候，并没有意识到多么严重，因为身体也瘦了很多，我认为可能是写作劳累所致，慢慢会好的。有人问起，我也就说是写作累的。

有一次，一个作家朋友来家里做客，他见我端酒杯时颤抖得厉害，就问原因。我依然说是写作累的。作家朋友说："那些大作家写作比你辛苦多了，人家也没有累得手颤抖，我看你得注意，是不是喝酒喝的？"这句话提醒了我，应该是喝酒喝的，平时应酬多，喝酒又不节制，身体肯定垮了。于是，再有人问，我就说是喝酒所致。

有手颤抖的毛病确实感觉不爽，我随后再参加酒局，就成了大家关心和谈论的对象。以前，我自认为酒量大，有酒量小的和身体差的朋友，都会积极地替他们喝酒。如今，我倒需要别人重点照顾了，这让我的自信心很是受挫。于是之后每到酒桌上，我就努力地控制，可越是努力地控制，手颤抖得越厉害，自己暗地里试过好多办法，比如分散注意力等都不见效。

我从资料上查到，手颤抖医学上称为震颤，是指身体的一部分或全部表现为不随意的有节律性的颤动，临床上的病因有帕金森综合征，肝豆状核变性，肝性脑病，小脑、脑干病变，脑动脉硬化，脑缺血，药物中毒，痴呆等。其中的脑动脉硬化、脑缺血、痴呆等症状让我不安起来，一个写作的人，脑子坏了真是天大的不幸。

朋友们纷纷给我提供治疗方法，电视台的一个朋友建议我吃糖，我吃了几天，感觉很有效。可没高兴多长时间，又是老样子。又有人建议我去医院检查，看看是不是甲亢，说他的朋友因为患有甲亢，手也颤抖。一听到医院，我就紧张，也感觉不应该是甲亢，就没有去检查。

手颤抖的毛病得不到解决，心里有了负担，不免着急起来。老家一位医生朋友来找我办事，看到我的情形，听了我的苦闷，怀疑是得了糖尿病，理由是只有糖尿病人才瘦得这么快。建议我测血糖。医生朋友知道我不喜欢去医院，临走时再三叮嘱。随后，他又几次打电话问询，我只好到附近诊所测了血糖，结果血糖不高。将结果和医生朋友说了，他为能排除糖尿病的嫌疑而高兴，建议我加强锻炼。

那晚，恰巧和一个书法家朋友吃饭，听他说一个镇党委书记也是手颤抖，后来通过练书法治好了。他建议我练书法。

通过医生朋友和书法家朋友的建议，我给自己制定出了"文体结合"的锻炼方案。即：1. 每天练习书法两小时；2. 早晨跑步，晚上散步；3. 写作间隙，握橡胶握力器 100 次，每天保证两次以上。

一个月后，效果显著，手不颤抖了，身体健康了，比以前自信了。关键是还提高了书法水平。真是一举多得。我现在逢人就推广"文体结合"的锻炼方式，因为我是直接受益者。

给自己找一处心灵乐园

久居于城市，心灵滋生疲惫是在所难免的事情。早就想出去散散心，哪怕到近郊的乡镇走走都是十分惬意的事情。终究因为这样那样的事情，这个愿望一直没有实现。不能实现的事情便在向往中显得更加美好，也加剧了实现的愿望。

刚刚和夏季作别，雨就来了。细细密密的雨丝漫天飘洒着，一连数日都没有流露出停歇的意思。整个世界被阴沉的天气所笼罩，心灵滋生出来的疲惫也在疯一样地长。恰巧某乡镇上的文友打来电话，问我这几天可否有时间到他那里来个近郊游。我立即说："明天雨如果停了，我就去。"

天公作美，第二天真的是个晴天。到达文友所在的乡镇时，文友已经开车在车站等着了。按照惯例，我以为文友会先让我到他家里去。结果文友说："雨后的大汶河很美，咱先去大汶河看看。"我兴奋地说了四个字:"正合吾意。"

把车停在一个村子里,我和文友步行去了大汶河。大汶河,古称汶水,是黄河在山东的唯一支流,也是泰安市最大的河流。大多数河流自西向东,然而大汶河借地势自东向西,它也是山东省内最大的倒流河。

到了岸边,我和文友各自找了个宁静的地方,以自己的方式感受这片水域。大汶河的很多河段我都去过,但流经这里,呈现出来的是宁静之美,无论这个世界如何喧嚣,她依然固执地安静流淌。这让我尤为喜欢。也许是大汶河的宁静影响了我,在城市里滋生的疲惫一扫而空。

一只白色的飞鸟从眼前倏忽而过,引起了我的注意,刚要寻觅它的踪影,却已经消失在草丛里了。我想,也许是我惊扰了它,才隐起了身,很是自责。寻了个低洼处,我蹲下身来,期望它再次现身,以便看清楚它的模样。然而,等了良久,它却没有出来。

我正失落着,文友在不远处喊:"快来看,这是只什么鸟?"我赶忙走过去,还是那只白色的鸟,正在草丛中间的沙滩上悠闲地散步。我说:"我刚才就看到它了,不知道这叫什么鸟。咱的知识太匮乏了。"文友说:"是大自然太博大了,这段大汶河生态保护良好,经常出现一些不知名的鸟。"

我和文友一起看那只白色的鸟,它并没有惊恐,依然悠闲散步。我说:"它不怕人啊?我刚才还以为惊扰了它。"文友说："也许它根本就不在意咱们，有些鸟就是这样，不为外界所动，永远保持着良好的心态，专注在自己的世界里飞翔。"

无意间，文友说出了很有哲理的话。他说得很对，有些鸟确实比有些人的境界高。有些人一直向往成为一只鸟，可始终摆脱不了世俗的羁绊，才把自己弄成了"鸟人"的样子。与其做鸟人，还不如踏踏实实地做一只鸟。

那只白色的鸟飞了起来，是一种自由的飞、快乐的飞。我们不知道它的名字，它也不屑于让我们知道名字。就像我们一直在关注它，它不屑于让我们关注一样。它只专注于自己的灵魂，在大汶河，在自己的世界里，做一只快乐的鸟。

因为那只鸟，我更加喜欢大汶河，我把这里认定为心灵的乐园。以后，当我心灵滋生疲惫的时候，来到这里，一定会收获宁静的。即使不来，想想那只白色的鸟，我也会知道该思考什么。

男人勿做"长舌妇"

　　和朋友一起去参加一个饭局。席间，有位女士对我说："我很想向你倾诉我的经历，希望我的经历能为你提供一些写作素材，但请一定使用化名。"

　　被别人信任，我倍感荣幸，欣然答应。

　　女士又说：　"不是现在，我想抽你的时间，单独向你倾诉。"

　　我说："好啊，改天我约你喝咖啡。"随后，我和这位女士交换了联系方式。

　　参加完饭局出来，朋友羡慕地说："你真有女人缘，我也喜欢写作，她为什么不向我倾诉呢？"

　　我说："不是我有女人缘，而是你乃'长舌妇'也。人家也许久闻你'长舌妇'大名，或者一看你长得就带着不安全的样子。你虽然有着男人的躯体，却喜欢做不男人的事。"

朋友无语，他也知道自己的毛病。他几次向我说过，因为有"长舌妇"的毛病，他已经没有知心朋友了。他也想改，可就是控制不了自己。

我多次说他，既然想改掉"长舌妇"的毛病，就要下决心改得彻底。否则不仅没有朋友，还会给自己竖起围墙。我以前一直把这位朋友视为知己，很多心里话，甚至一些隐私都对他倾诉。可他总是第一时间就把我的倾诉变成为公开的秘密，还添油加醋，丝毫不顾及已经给我造成的伤害。

这样的事情有过几次之后，尽管表面上我还和他以朋友相称，但在内心深处早就把他在知己栏里删除了。

每个人都想拥有知己，也都想被别人视为知己，可一个成为"长舌妇"的男人，谁会把他视为知己呢？除非人家脑子有毛病。

不能轻易选择结束

A 先生第三个公司开业，作为朋友，我应邀参加。场面很是壮观，除了政府领导，还请来了几位明星大腕。才几年工夫，A 先生已经跻身富豪行列。看到 A 先生浑身散发着成功者的气息，我想到了 A 先生说过的一句话"不能轻易选择结束"。

如果 A 先生当年选择结束就不会有今天的成功了。

A 先生出生在农村，父亲是个酒鬼，母亲体弱多病还要经常遭受父亲的折磨。为了让母亲过上舒心的日子，A 先生带着母亲来到了城市。

然而，最初几年，没有任何基础还带着多病的母亲，生活的窘迫是可想而知的。A 先生每天拖着疲惫的身躯行走在城市的大街上，对以后的生活看不到任何的希望。每逢这时，他总会联想到不幸的过去和以后迷茫的道路，内心深处几乎感到绝望了。他本想带着母亲在城里好好生活，让她过上平稳的日子，没想到生活竟是这么艰难！他无数次感叹：命运之神为什么对我这么不公平！

当 A 先生在城市里行走得心力交瘁的时候，便打算不再继续下去了。与其这么艰难地活着还不如从此一走了之，一了百了。拿定了主意，他开始行动了。

一天晚上，他给母亲做好了饭菜，并看着她全部吃完。然后，他把仅有的一些钱悄悄地塞在了母亲的褥子下面。假装说有事就走了出去。

在 A 先生住的不远处有一个人工湖，湖水深不可测，他曾几次到湖边观察，只要一头扎下去，完全可以到达另一个世界。

夜晚是黑色的，人工湖的水是黑色的，A 先生的心情也是黑色的。这一切促使他想尽快离开这个世界，过多的停留意味着还要过多地思考，过多地思考意味着还要让心灵遭受折磨，所以，他快速地站到了湖边的平台上。就在这时，他忽然想到应该写一个遗书之类的东西，尽管没有什么意义，至少要让活着的人知道有一个人曾经在这个世上历经不幸。反正快要死了，多耽误一些时间也无所谓的。于是，他跳下平台，在旁边找了一个小石头，站在那里打起了草稿。

现在想起来，还多亏了打那个草稿。这让 A 先生不能不想到母亲。死是一个很简单的事情，一闭眼就可以在瞬间完成。可如果他走了，母亲怎么办？她不仅要继续以前的不幸，还要面临更大的不幸。如果那样，母亲的一生就只能痛苦而终了。作为儿子，岂能丢下病中的母亲，撒手不管呢？当初，带母亲出来不就是为了让她过上平稳的日子吗？虽然，生活还是很艰难，可母亲毕竟不用再担惊受怕了。只要他活着，就是母亲的希望。当儿子的怎么能不给母亲希望呢？最后，他又想到了母亲刚随他进城时的笑容。母亲在家里从来没有这么舒心地笑过，母亲的笑容是盛开在他心上的，他有责任让母亲的笑容永远灿烂如花。

自我斗争了很久，A 先生终于回心转意，为了母亲，他下定决心坚强起来，要陪着母亲好好地活下去。人生在世，不能轻易选择结束，也许转机就在这个决定的后面。

此后，A 先生开始创业，他把母亲作为最大的创业动力，每当遇到挫折感到心灰意冷的时候，他都会想着母亲的笑容，会在心里不断重复那句话："不能轻易选择结束！"

"不能轻易选择结束。"一句很简单的话却成就了 A 先生的一生。A 先生逢人就会讲起这句话，也一直用这句话激励着自己行走。

我为 A 先生能拥有今天的事业而高兴，也明白了一个道理：要想成功就不能轻易选择结束。

规划人生就是给自己绘制地图

　　驾车如果不提前规划好路线就不会知道驶向哪里，抵达终点也就无从谈起，这是众所周知的事情。同样，一个人如果不规划好自己的人生，就会徒生很多烦恼，即使工作也找不到乐趣，很难有所成就。一个人失败的原因往往不是努力不够，而是没有很好地规划人生。

　　朋友大 A 得了重病，无钱医治，家人连八竿子够不着的亲戚都借遍了，依然是杯水车薪。大 A 的家人对我说，如今肯借给他钱的人极少，即使有人肯借，也是拿出很少的钱来搪塞一下。因为别人都怕钱借出去，打了水漂。事实是，大 A 这么多年一直入不敷出，靠借债度日，以前有若干人借给他钱都打了水漂，所以才造成今天的局面。看着大 A 无助地躺在病床上的样子，我心里很不是滋味。才华横溢、颇有音乐天赋的他怎能沦落到今天的地步？

究其原因，大 A 也是犯了没有规划人生的错误。

我和大 A 曾经在同一个乡镇的中学上学，同级不同班。大 A 的音乐才华在那个时候就显现了出来，无论什么样的歌曲，他一听就会，甚至可以唱得和原唱不相上下。每逢学校里举办晚会，大 A 都是压轴出场，他的表演往往也是整个晚会的高潮部分。因为我们学校的名字叫镇一中，同学们便根据谐音给他取了个外号——"震一中"。后来，大 A 代表学校到县里、市里参加比赛，都获得了第一名。我们更加崇拜他，不但震了一中，甚至县里和市里都震了。于是，大 A 便成了学校里的明星。

成为学校明星之后，大 A 更加自命不凡，认定自己将来一定能成为名震全国的明星。现在看来，大 A 成为学校明星最大的受益就是经常收到女生的求爱信，其中的一个女孩成为他的妻子。当时，他的妻子一定是幻想着跟随大 A 会风光无限的，没想到大 A 一步步地让自己陷入了低谷。值得欣慰的是，大 A 有一个优秀的妻子，无论生活多么窘迫，都对他不离不弃。

来到城市后，大 A 一直梦想着在音乐上寻求发展。然而，对于怎么样才能有所发展，他并没有系统的规划。也不知道怎样才能有所发展，只是认为自己有才，希冀着有一天遇到个大贵人，让自己一下子成为刘欢或者刘德华。

后来，为了生活，他摆过地摊，跑过保险，打过零工，无论做什么都没有做很久，不但钱没有赚到连自己的主业也荒废了。周围的人都有了很大的发展，他却生活得一天不如一天，于是便开始怨天尤人，有时喝多了就吼着："天降大才，却不降大贵人！"随着和周围人生活水平的差距越拉越大，大 A 也丧失了斗志，开始用酒精来麻醉自己，天天喊着"你不醉我不醉，城市的马路谁来睡"奔波于各个酒局。

如今，年近五十了，大 A 成了标准的三无男人，即无房、无钱、无保险。别说养老保险，他连城镇医疗保险都没有买，看病难、养老难的问题严峻地摆在了他的面前。

我还有一个初中同学，有绘画天赋，当时没有选择重点高中而是选择了一所以培养美术生出名的普通高中。后来直接被省艺术学院录取，现在留校任教，已经是省内外很有名气的画家了。我另一位同学立志在农村发展，上到初中二年级就对老师说他的目标是考取职业高中。在职业高中毕业后，他用自己的所学开始创业，成为身价千万的养鸡状元。

我的这两位同学之所以取得了成功，无疑是很好地规划了自己的人生，而且矢志不移地走了下去。而大 A 本来有成功的先决条件，却因为没有规划好人生，只能与成功擦肩而过了。

通过我这几位同学的人生历程就可以看出规划人生的重要性。的确是这样，没有糊里糊涂的成功，只有糊里糊涂的失败。

成功与失败的区别很大程度上就在于是否规划了人生。行军打仗是离不开地图的，一个人拼搏也是离不开地图的，规划人生就是给自己绘制地图。还没有规划自己人生的朋友，赶紧依据自己的实际情况规划人生吧。无论什么出身，无论什么境遇，只要把人生规划好了，坚持走下去，就是理想的人生。

当路莫栽荆棘草

清代湖南少廷尉张璨为自己的住所题诗写道："南轩北牖又东扉，取次园林待我归。当路莫栽荆棘草，他年免挂子孙衣。"这首诗对人们有着警示作用，有着深刻的人生哲学，至今还被人们广泛吟诵。尤其是后两句，无论做人还是做官都应该谨记在心。

清代诗人袁枚在《随园诗话》卷四中写道，"湖南张少廷尉名璨，字岂石，紫髯伟貌，议论风生，能赤手捕盗。与鲁观察亮侪，俱权奇自喜。题所居云：'南轩北牖又东扉，取次园林待我归。当路莫栽荆棘草，他年免挂子孙衣。'言可风世。又《戏题》云：'书画琴棋诗酒花，当年件件不离他。而今七事都更变，柴米油盐酱醋茶。'殊解颐也。又谓人云：'见鬼莫怕，但与之打。'人问：'打败奈何?'曰：'我打败，才同他一样。'"

张璨，字岂石，号湘门，湘潭县下升家塘（今湘潭县杨嘉桥镇花围村一带）人。他为人正直，不惧权贵，他积极清理积案冤狱，后任河间知府。虽然张璨以书生任职，曾经赤手擒盗，与鲁之裕（字亮侪，袁枚撰有《书鲁亮侪》）齐名。他以不怕事著称，经常说一句话：不要怕鬼，如果遇到鬼，只管和它打架。有人回他，打不赢怎么办？他就说，打不赢我就成了它，怕什么？

张璨是康熙四十七年（1708）的举人，拣选授无锡知县。在任职期间，张璨撰写了一副对联悬挂于大堂：

> 阳奉阴违，天有难遮之眼；
>
> 民穷财尽，地无可剥之皮。

张璨累官至大理寺少卿。乾隆时，果亲王允礼管刑部，三法司诸臣奉命唯谨，果亲王曾经主持刑部会议，拦中门不得出入，部院长官车马皆由侧门通过。张璨无所避让，拔剑斩断门索，驱车直入。张璨长身紫髯，大腹便便，王子戏挽其须，他正色呵止。因忤亲王，坐公事降调。传说召见时，乾隆帝问道："有人说你有才无量。"张答："臣请归学量。"五十七岁罢职归，曾作《嘲鼠》诗有"毁我衣冠皆汝辈，剿他巢穴在明朝"之句，有人检举为反诗，钦命专人来湘查办。来人为张璨任无锡知县时的平反昭雪者，因科举授官升擢要职，为其尽力弥缝，才免予追究。死后又有人讦告他"擅改御书"。家属畏祸，所有遗著如《石渔诗集》《遗安堂诗文集》《湘门赋》《呻吟草》等尽毁。

张璨因为写了："当路莫栽荆棘草，他年免挂子孙衣。"让他的诗名留在了历史上，也让无数人以此为戒。一个人在做事行事的时候多想想这句诗，肯定会对自己有帮助的。

自信是成功的加油站

时下，很多找不到理想职业的人，总是对自己的能力产生怀疑，甚至直接认定自己就是个没有能力的人。一旦看到周围的人出类拔萃了，就缺乏自信地说："人家的水平比我高，而我则不行。"每次听到这样的话，我都会想起下面的故事。

法国有一个贫困潦倒的年轻人，流浪到巴黎，找到父亲的好友，期望他能为自己找一个谋生的差事。父亲的好友问他有什么专长，比如说会数学啊、物理、历史、会计什么的。年轻人窘迫地低下头，羞愧地说自己似乎一无所长。父亲的好友想了想说："那你先写下你的地址，我总得给你找个活做啊。"年轻人不好意思地把自己的住址写下，刚想转身离去，却被父亲的朋友一把拉住说，"年轻人，你怎么说你没有特长呢？你的名字写得多好啊……"
"能写好自己的名字也叫特长？"年轻人转过身疑惑地看
着父亲的好友。"当然，字反映了一个人的文化修养，一
个人的内涵……"父亲的好友意味深长地说，"人要有自
信心，找工作之前，首先要找到自己的特长，并要把自己
的特长发挥到极致……"听了这一席话，年轻人使劲地点
点头，后来他结合自己的特长找了一所中学教授法文，度
过了一段艰苦的岁月，也就是从那时开始，这位年轻人认
识到了自己在文学方面的天赋和特长，并开始发挥这个特
长，他就是后来写出享誉世界经典文学巨著的法国 18 世
纪著名作家大仲马。

大仲马的故事告诉我们，每个人都有自己的特长，就像我
们一只手上的五个指头一样，虽然长短不一，却各有千秋。关
键是你有没有发现自己的特长，并且对于自己的特长充满了
自信。

杜拉因说："信念是活泼而存在着的力量，是一种最奇妙
而活动着的力量，也是存在于宇宙之中最不可抗拒的力量。"
所以说，自信会让特长闪光，一个充满自信的人即使特长不是
很出众，他也会把特长发挥到极致，从而取得意想不到的好
成绩。

故乡的夜莺

　　今夜和很多个这样的夜晚一样，当我推窗眺望的时候，夜色随着我目光的推进伸向了远方；月光也像很多个这样的夜晚一样，在天空中纷纷扬扬地飘落，和我的目光不断地发生碰撞。

　　与月光碰撞的声音无疑是震颤心灵的。这种声音正以巨大的力量吸引着我将多年以来的一个梦境找寻。我知道，在那个梦境的中心故乡的夜莺如同一个歌者正在深情地弹唱。我渴望在这样月华如水的夜晚聆听那来自故乡夜莺的声音。我坚信，所有和我一样听到过它的歌声的人，都会被深深温暖，甚至泪湿双目。

　　今夜，故乡夜莺那涤荡心灵的声音散发着诱人的清香，飞速地穿过若干个城市直达我的耳畔。今夜，我有幸追寻着故乡夜莺的声音，向着多年以来我的那个梦境的中心出发了。

此时此刻，我舞动钢笔，走进纸上的一行行文字，走进故乡的往昔岁月。夜莺的声音引领我走进故乡的山、故乡的河、故乡的田间地头、故乡的花前月下……我在纸上走着走着，就感觉自己也变成了一只夜莺，从文字里张开了翅膀，在浩瀚的夜空中，朝着故乡的方向轻灵地飞翔。

多年以来，我漂泊在这座城市，用自己的方式生存着。无数个白天，我穿梭在高楼大厦之间，都市里的八街九陌没有我的诱惑；无数个夜晚，我以六楼的高度审视着都市里的灯红酒绿，只有记忆中故乡的袅袅炊烟是温暖眼睛的唯一颜色。我常常在夜深人静的时候，悄悄地披衣下床，伫立在窗前，默默地注视着夜空，静静地幻想。每逢这个时候，我也总能想起故乡的夜莺。我仿佛能隐隐约约地听到，此时的夜莺正在故乡的某一个角落浅吟低唱。

我乐于在这样的夜晚，让心灵远离都市的喧嚣，重返乡村的宁静。以笔为笛，和着故乡的夜莺唱一曲命定的情歌。

当我在追寻中领悟的时候，我突然发现，今夜和很多个这样的夜晚不一样。随着天空中的音乐缓缓地流淌，我已经来到了梦境的中心……

今夜，我展开思绪，置身在都市的月光里独自舞蹈。

今夜，我张大耳孔，倾听着夜莺在故乡的枝头歌唱。

将爱情进行到底

前段时间和朋友们一起吃饭，有人谈到了爱情这个话题。在座的有八位，七个人表示世上没有真正的爱情。为了证明自己的观点是正确的，他们联系当下具体的人和事纷纷发表演说，大有真理掌握在他们几个人手中之势。最后为了达成共识，他们让我发表意见。我说："我们都没有资格谈论爱情，因为我们都不是真正懂得爱情的人。"

有人问："那谁是真正懂得爱情的人？"

很多人都会问这个问题，答案是：金岳霖。

我是因为徐志摩才知道林徽因的，又是因为知道林徽因才知道金岳霖的。就爱情而言，我最欣赏的就是金岳霖。有一年参加一个文学创作高级研讨班，前来授课的一位教授讲述了金岳霖和林徽因的爱情故事。使我对金岳霖更加欣赏。

那位教授说："林徽因梁思成夫妇家里几乎每周都有沙龙聚会，金岳霖始终是梁家沙龙座上常客。他们一直是毗邻而居。常常是各踞一幢房子的前后进。即使偶尔不在一地，金岳霖每有休假，总是跑到梁家居住。金岳霖对林徽因人品、才华赞羡至极，十分呵护。一次，林徽因哭丧着脸对梁思成说，她苦恼极了，因为自己同时爱上了两个人，不知如何是好。林徽因对梁思成毫不隐讳，坦诚如同小妹求兄长指点迷津一般。梁思成自然矛盾、痛苦至极，苦思一夜，比较了金岳霖优于自己的地方，他告诉妻子，她是自由的，如果她选择金岳霖，祝他们永远幸福。林徽因又原原本本把一切告诉了金岳霖。金岳霖的回答更是率直，坦诚得令凡人惊异，他说，'看来思成是真正爱你的，我不能去伤害一个真正爱你的人。我应该退出'。林徽因 1955 年去世，时年 51 岁。亲朋送的挽联中，金岳霖的别有一种炽热颂赞与激情飞泻的不凡气势。上联是：一身诗意千寻瀑；下联是：万古人间四月天。此联中的'四月天'，取自林徽因一首诗的题目《你是人间四月天》。这'四月天'在西方通常指艳日、丰硕与富饶。金岳霖'极赞'之意，溢于言表。金岳霖回忆到追悼会时说，'追悼会是在贤良寺开的，我很悲哀，我的眼泪没有停过……'"

汪曾祺也在文中写道："金先生朋友很多，除了哲学家的教授外，时常来往的，据我所知，有梁思成、林徽因夫妇，沈从文、张奚若……君子之交淡如水，坐定之后，清茶一杯，闲话片刻而因金先生对林徽因的谈吐才华，十分欣赏。现在的年轻人多不知道林徽因。她是学建筑的，但是对文学的趣味极高，精于鉴赏，所写的诗和小说如《窗子以外》《九十九度中》风格清新，一时无二。林徽因死后，有一年，金先生在北京饭店请了一次客，老朋友收到通知，都纳闷：'老金为什么请客?'到了之后，金先生才宣布，'今天是徽因的生日'。"

　　金岳霖因为爱林徽因一生没有娶亲，用一生诠释了什么是真正的爱情。他是真正懂得爱情的人，也让那些不相信爱情的人在他身上明白了什么是爱情，看到了爱情的光芒。

坚守纯洁的心境

小郑趁休班的时间，坐了五个小时的火车，从 A 城来找我谈心，主要是为了聊聊心里话。他说："我在 A 城找不到谈心的人，这年头心灵的大门对周围的人都是关闭的。姜是老的辣，酒是陈的香，朋友还是咱这种关系亲。"小郑还是像以前一样，除非不说话，只要说就是一连串。

我和小郑曾经在一个单位工作，脾气相投又是文友，关系自然不一般。小郑十几岁就开始发表文章，最大的梦想就是成为著名作家。虽然这个梦想至今没有实现，但是写作让他赢得了爱情，也算是因写作而受益。

一见面，小张先就这年头的世道发了一通牢骚，归根结底还是发这文学的牢骚，好像文学对不起他似的。我说："别不知足了，你如果不爱文学怎么能得到爱情。"小郑说："我来找你就是想聊聊这事。你说什么世道！她最近常说女人昏了头才结婚。说我没本事，与其过这样的生活还不如嫁给一个有钱的老头，哪怕给人家当二奶、三奶、四五六七八奶，都比没钱的日子好。太可怕了，怎么她的灵魂也被物质介入了？她早就不把曾经美好的恋情当回事，在现实的生活里，越来越现实。你说，在人们疯狂追逐物质的年代，谁还能坚守爱情，坚守曾经的心境、曾经纯洁的心境？在人们没有世俗之前，都有一个梦，一个和心爱的人相拥一生的梦。可我们的灵魂被物质介入了。"

我说："无论有多少人的灵魂被物质介入了，总有人坚守纯洁的心境，就像你已经不从事写作了，可还有很多人为了自己的文学梦想而默默前行。同样也会有很多人为了爱情而默默前行。"

小郑说："也许有，可我没听说过。"

我说："那我就给你讲一个真实的故事：有一个美丽的贵州女孩，为了爱情，跟随男友来到了一个贫瘠的山村。城市的优越生活并没有让初来乍到的女孩对农村生活望而却步，她反而鼓励男友做生意，于是他们就做起了豆腐生意。可天有不测风云，在一次送豆腐的途中，男友开着三轮车被一辆急驰而来大货车撞了，他成了植物人。女孩坦然面对现实，勇敢地挑起了家庭的重担。她的名字叫杨小槐，曾经的城市女孩如今变成了乡下妇女，她用实际行动把爱情刻进了自己的人生。2009

年有记者为她写了一个爱情等式：一年的婚姻生活 = 16 年对病残丈夫的悉心照料并且不长一个褥疮 = 16 年没有一件新衣 = 花光 9 万元赔偿款又背上 3 万元的债务 = 21 年的背井离乡 = 漫漫无期的真情守望。"

这个爱情故事让小郑深受感动，他决定回去就把这个故事讲给妻子听。几天后，小郑打来电话，说效果很好，妻子改变了很多。

放下电话，我也为小郑夫妻感到高兴。两个相爱的人走在一起是千年修来的福气，一定要坚守曾经的心境，为了爱情默默前行。也许真正的爱情就是不但能在高峰上同赏风景，也能在低谷里不离不弃携手攀登。

朋友的"幸福"

　　生活在当下的人们肯定会为赶上了好时代而感到幸福。是啊，如今经济繁荣，社会稳定，我们可以尽情地享受美好的生活。可就在前段时间，我的一个朋友因为贪污受贿让自己的人生急转直下，再也享受不到美好生活了。

　　听到这个朋友被捕入狱的消息后，我很是吃惊，继而为他感到痛惜。我的这个朋友当上局长不过才两年多的时间，他一路走来做到这个位置很不容易了，竟然中途落马，不仅为自己的仕途画上了句号，也为幸福的生活画上了句号。这个朋友的经历我很了解，他之所以走到今天这一步，就葬送在那个"贪"字上，这也与他"听妻子的话"是分不开的。

　　他出生在一个偏远的小山村里，贫穷的生活让他从小就立志跳出农门。对农村孩子来说，考上大学是跳出农门的唯一途径，这个朋友为了实现愿望，一直刻苦读书。考上初中后，要步行十几公里山路到位于荒岭上的一所学校上学。虽然能够住校，可家里实在是穷，无法带够一星期的饭，中途要回家拿两次饭。为了不影响学习，每次都是上完晚自习后回家，然后再星夜返回，回到学校的时候常常凌晨三四点了。

吃尽了求学的苦，他终于如愿以偿，大学毕业后他被分配到镇中学，成为一名人民教师。这样，他不但有了令人羡慕的职业，收入也非常稳定，这在农村是很让人刮目相看的。

妻子刚嫁给他时，为自己嫁了个吃"国库粮"的老公倍感自豪。可过了几年，就对他不满意了。觉得当老师没有前途，不如当官风光，就天天嘟囔他，让他留心身边的机会，争取在仕途上寻求发展。这个朋友运气还真是不错，由于写得一手好文章，后来被提拔到镇政府当上了宣传委员。工作没几年，就又被任命为镇党委副书记。在镇上，也算是有头有脸的人物了。可没过几年，他的妻子还是不满意，说在农村生活没有意思，有机会还是到城里生活好。于是，他的妻子又天天嘟囔他找机会调到城里工作。

后来，这个朋友经过多方努力，终于进城担任了某局局长。他的妻子随之成为局长夫人。这次该满意了吧？

可在城里生活了一段时间后，她感觉和其他局长家的生活水平差距太大了，就又不满足起来。这个朋友对妻子说："咱不能和别人家相比，咱来自农村，双方父母都是农民，既没有家底儿，在城里也没有基础。很多局长的父母也都是公务员，家底不仅厚还不用在城里买房，生活水平当然高了。咱能跳出农门就不错了。"他的妻子不高兴地说："那我不管，既然你们都是局长，我们的家庭状况就要和他们一样。别人家有的，咱家也要有。否则，别说我这局长夫人没有面子，你这个局长更没有面子。"为了讨妻子的欢心，我这个朋友渐渐地就腐败起来了。从暗索到明要，一步步走进深渊。

抽了个机会，我去了这个朋友家。发生了这个大的变故，总要去安慰一下他的家人。我刚走进门，他的妻子就哭成了泪人。她现在真是后悔莫及，连肠子都悔青了。情绪稍微平静些后，他妻子悔悟地对我说："我一直都在追求所谓的幸福，可贪心让我忽略了原本属于我的幸福。我一个农村女人嫁给一名教师，本身生活就很幸福，可我不知满足。随后，他当了副书记，我们在镇上也是很风光的，可我还是没有满足。后来他又当了局长，我们家的状况比以前已经很不错了，可为了和别人家攀比，我又要求他捞钱。是我葬送了他的前程，是我葬送了我们家的幸福。"说完，他的妻子又哭成了泪人。

从朋友的家里出来，我感触很深。他妻子悔悟得对，可已经无法挽回本有的幸福生活了。"人心不足蛇吞象"是人们都明白的道理，但还是有人在这句话上栽倒。他们在努力追求更大的幸福的同时，不但忽略了本来就有的幸福，还葬送了以后的幸福。其实，大可不必如此贪心。追求幸福生活是对的，但要立足实际，追求正确的幸福生活。

其实，我们只要珍惜现有的生活，把日子过好，就是最大幸福。作为从政者而言，只有清正廉洁才能享受幸福的人生。

不要让依赖成为习惯

那天，我的一个朋友来借钱，这已经是他第三次来借钱了。我问："你借钱做什么？"他说："吃饭，我现在又没钱生活了。"这实在是一个让我不得不借钱给他的理由。可他每次来都是说借钱吃饭，这让我很是不爽。

望着人高马大的他，我说："你完全有能力把生活过得很好，只要肯吃一些苦，总不至于靠借钱生活吧？"朋友说："我也想赚大钱，过上体面的日子，可我感到没有任何出路，所以，只能靠朋友帮忙维持生活。"我虽然碍于情面，把钱借给了他，可看着他远去的背影，我还是摇了摇头。

这位朋友让我想到了一个故事：有一乞丐，他的右手臂断了，只剩下左手，终日向人乞讨。一天，他来到一家门口，向这家的女主人乞讨。女主人看着他,没有像其他人那样解囊施舍。女主人指着庭院的一堆砖头跟他说:"请你把这些砖头搬到后面的院子里。"乞丐听完说:"你没看我只剩下一只手臂吗?你还要我搬砖头,你不施舍我就算了!有必要这样侮辱人吗?"女主人没有说话,俯身用一只手搬起一块砖,示范了一趟,对乞丐说:"我用一只手可以搬砖头,你为什么不可以?"乞丐听完女主人的话愣了很久,然后他走过去,用一只手拿起一块砖头搬去后面的院子。就这样,一堆砖头他很快就搬完了。女主人看乞丐搬完砖头,她拿了二十元钱给乞丐。乞丐很感激地向女主人致谢。女主人跟他说:"你不用向我说谢谢,因为这是你用劳动换来的钱。"乞丐向女主人鞠了一躬,若有所悟地走了。

过了几天,又来了一个双手健全的乞丐向这位女主人乞讨。女主人把他领到那堆砖头前说:"你要能把砖头搬到前面去,就给你 20 元钱工钱。"乞丐不屑一顾地摇摇头,走了。

若干年后,一名西装笔挺、风度翩翩但少了一只手臂的男子来到了女主人的庭院。他走到女主人面前,毕恭毕敬地说:"如果没有您当年对我的启发,说不定我至今还是个乞丐。这些年,我通过自食其力,已经是一家公司的董事长了!"女主人为他的成功感到由衷的高兴,送他出门时,恰巧又遇到了那个双手健全的乞丐,虽然这位乞丐比以前更加寒酸,但女主人没有丝毫的怜悯。

　　人往往生活在习惯里，当一个人习惯了拼搏，他就不会在乎所有的挫折，而他也注定会成为生活的强者。反之，如果一个人习惯了靠别人帮助活着，凡事他都会依赖别人施舍，他也注定会没有独立的人格，更不会有精彩的生活。所以，人活着，就不能让依赖成为习惯。

不要还是一声叹息

　　时下，很多人只是一味地抱怨时运不济，不去思考自己为了达成心中的目标而真正付出过多少汗水。

　　我有一个朋友就是这样，他刚从农村出来时，曾铿锵有力地对我说："我要努力，否则我依然会像父辈那样面朝黄土背朝天。"他的话语让我对他的未来很是看好。可没过多长时间，他却像泄了气的皮球，沮丧地说，"我已经努力过了，可命运之神就是不肯垂青于我。"这才多长时间？他竟然说已经努力过了。古人十年磨一剑，他付出的还很不够。于是，我又想起了那个叫赖斯的美国女人。

　　赖斯小时候，美国的种族歧视还很严重。特别是在她生活的城市伯明翰，黑人的地位非常低下，处处受到白人的歧视和欺压。

赖斯十岁那年，全家人来到纽约观光游览。就因为黑色皮肤，他们全家被挡在了白宫门外，不能像其他人那样走进去参观！小赖斯备感羞辱，咬紧牙关注视着白宫，然后转身一字一顿地告诉爸爸："总有一天，我会成为那房子的主人！"

赖斯父母十分赞赏女儿的勇敢志向，经常告诫她："要想改善咱们黑人的状况，最好的办法就是取得非凡的成就。如果你拿出双倍的劲头往前冲，或许能获得白人的一半地位；如果你愿意付出四倍的辛劳，就可以跟白人并驾齐驱；如果你能够付出八倍的辛劳，就一定能赶到白人的前头！"

从此，为了实现"赶在白人的前头"这一目标，赖斯数十年如一日，付出超过他人"八倍的辛劳"。她不仅熟练地掌握了母语，还精通俄语、法语和西班牙语，考进了美国名校丹佛大学并获得博士学位，26岁时就已经成为斯坦福大学最年轻的女教授，随后还出任了这所大学最年轻的教务长。

凡是白人能做的，她都要尽力去做；白人做不到的，她也要努力做到。她终于成为美国历史上第一位黑人女国务卿。当有人问起她成功秘诀的时候，她说："因为我付出了'八倍的辛劳'。"

拼搏的路上无疑是艰辛的，可如果不拼搏就不会成功，更无法知道生命将会绽放出怎样的花朵。假如你是只鸟，畏惧飞翔的艰辛，就扼杀了飞翔的本领；假如你是种子，害怕泥层的黑暗，你就错过了萌芽的机会。

　　所以，我们要像赖斯一样努力，不要到头来还是一声叹息。

读书的好处

自从给自己制定了重读经典计划,《随园诗话》便在我的阅读范围之内了,恰逢在书店里看到袖珍版本,便买了回来。我有个习惯,但凡好书都会放到床头以供睡前阅读。虽然每晚大约只有几十分钟的阅读时间,却对我大有益处。重读《随园诗话》也是这样。

这部被鲁迅先生称为"不是每个帮闲都做得出来的"书,是清代诗人、诗论家袁枚最著名的作品。袁枚,字子才,号简斋,晚年自号苍山居士,钱塘(今浙江杭州)人。袁枚是乾隆、嘉庆时期代表诗人之一,与赵翼、蒋士铨合称为"乾隆三大家"。乾隆四年(1739)进士,授翰林院庶吉士。乾隆七年外调做官,曾任江宁、上元等地知县,政声好,很得当时总督尹继善的赏识。三十三岁父亲亡故,辞官养母,在江宁

（南京）购置隋氏废园，改名"随园"，筑室定居，世称随园先生。自此，他就在这里过了近50年的闲适生活，从事诗文著述，编诗话、发现人才，奖掖后进，为当时诗坛所宗。

作为"一代骚坛主"的袁枚，所标举的"性灵说"诗论风靡乾嘉诗坛，使清代诗坛别开生面。《随园诗话》属随笔性质，本书所论及的，从诗人的先天资质，到后天的品德修养、读书学习及社会实践；从写景、言情，到咏物、咏史；从立意构思，到谋篇炼句；从辞采、韵律，到比兴、寄托、自然、空灵、曲折等各种表现手法和艺术风格，以及诗的修改、诗的鉴赏、诗的编选，乃至诗话的撰写，凡是与诗相关的方方面面，书中可谓无所不包。

我这次重读《随园诗话》就被书中所论及的一些做人作文的诗句和道理触动了。比如卷四中写道：湖南张少廷尉名璨，字岂石，紫髯伟貌，议论风生，能赤手捕盗。与鲁观察亮侪，俱权奇自喜。题所居云："南轩北牖又东扉，取次园林待我归。当路莫栽荆棘草，他年免挂子孙衣。"言可风世。又《戏题》云："书画琴棋诗酒花，当年件件不离他。而今七事都更变，柴米油盐酱醋茶。"殊解颐也。又谓人云；"见鬼莫怕，但与之打。"人问："打败奈何？"曰："我打败，才同他一样。"意思是说，湖南少廷尉张璨，字岂石，紫色的胡须，相貌伟岸，为人十分健谈，能空手擒住盗贼，和鲁亮侪观察一样，都因自己的智谋出众而得意。他为自己的住所题诗写道：

南轩北牖又东扉，取次园林待我归。当路莫栽荆棘草，他年免挂子孙衣。又作诗调侃写道：书画琴棋诗酒花，当年件件不离他。而今七事都更变，柴米油盐酱醋茶。他还对人说：不要怕鬼，如果遇到鬼，只管和它打架。有人回他，打不赢怎么办？他就说，打不赢我就成了它，怕什么？

"当路莫栽荆棘草，他年免挂子孙衣。"这两句诗包含了深刻的人生哲学和对世人的警示作用，无论做人还是做官都应该谨记在心。而《戏题》一诗，读后令人感到有趣的同时也能了解生活的滋味。在最后"见鬼莫怕，但与之打"段落中，细细琢磨，便可琢磨出人生在世的处事方法。

在卷九中写道：刘霞裳与余论诗曰："天分高之人，其心必虚，肯受人讥弹。"余谓非独诗也；钟鼓虚故受考，笙竽虚故成音。试看诸葛武侯之集思广益，勤求启诲：此老是何等天分？孔子入太庙，每事问；颜子以能问于不能，以多问于寡；非谦也，天分高，故心虚也。意思是说，刘霞裳与我谈论诗的时候说："天资才气高的人一定很虚心，能听得进别人的批评甚至是讥讽。"我说不仅是诗人这样，钟和鼓是虚空的，因此能敲击出声音，笙和竽是虚空的，因此能发出动听的声音。请看诸葛亮是那样善于集中众人的智慧，勤奋好学又诲人不倦，这位老丞相天分是何等惊人？孔子走进太庙，每件事都不忘虚心请教；颜渊可以向能力不如自己的人请教，向学问不如自己的人请教。这不只是谦虚，因天资才气高，所以才能虚心。

读完这一章，我想那些狂妄自大的人会有所触动的，那些对人生有抱负的人更会有所启发的。

仅仅几个章节就能得到这么多启迪，这是《随园诗话》的力量，也是书籍的力量。读书的好处自是不用多说，我会把重读经典的计划继续下去。

明石桥随记

　　早就听说在大汶口文化遗址上有座明石桥，也早就想去看看明石桥。虽然始终抽不出时间来，但随着时间的延伸，这个念头加剧了。

　　一连数日，天阴着，摆出一副要下雨的样子。我期盼着能来一场小雨，想象着细雨霏霏的场景，盼雨的心情就更加迫切了。天遂人愿，雨还真的来了。密密麻麻的雨丝不仅滋润了大地，还滋润了我，也滋润了和我一样渴盼已久的眼睛。人们纷纷站到门口或窗前，尽可能地感受着这场久违的雨带来的湿润和凉爽。几个调皮的孩童在雨中奔跑、追逐，永远不知疲倦的样子。

　　今天刚好没事，突然涌起了去大汶口看明石桥的想法。在雨中，撑一把伞，怀着寻古的心境一定是别有一番滋味。于是，我给大汶口的文友打了电话，便驱车前往。

车停在山西会馆门口，我和文友撑着伞步行到了大汶口西南门。大汶河的涛声刚刚激荡入耳，辽阔壮美的大汶河就呈现在眼前了。我停住脚，惊讶的表情凝聚在脸上，久久没有离去。

在我以前的印象里，上游的造纸厂和无节制的采砂船早就把大汶河蹂躏得不成样子，很多地方几近干涸，完全没有了童年时期的美好。没想到，眼前的景色比童年的记忆更加美丽了。看着我在感叹。文友说："经过这几年的治理，取得了明显的效果。"我点点头，踏上了一座古石桥。我知道，这就是远近闻名的明石桥了。初一看，并不出奇，无非是一座通架南北的石头桥罢了。如果仅仅如此，这座桥就不会远近闻名，更不会成为重点文物了。

因为这座石桥是明朝隆庆年间修建的，所以当地人都叫它明石桥。桥的选址极佳，颇显古人智慧。桥的上游是一片平缓的沙滩河底，桥的下游是一片岩石，可以起到很好的缓冲作用。在交通闭塞的古代，明石桥是重要的交通枢纽，为繁荣南北商贸，使大汶口成为经济重镇起到了巨大作用。对明石桥的盛状及古镇大汶口经济的繁荣，曾有人赋诗一首："汶河倒流水泱泱，两岸杏柳吐芬芳。古石桥上人如织，古镇城内商贾昌。"

明石桥自建成后历经战火，虽然还有旧貌，但容颜已经不再了。我让文友等一会儿，我一个人踏上了明石桥。在明石桥上走着，顿时感觉古老文明的气息升腾了起来。

明石桥犹如一座沉默的历史横跨在大汶河两岸。每迈动一步似乎都能听到陷进历史一般的声音。我的步子放慢了，觉得迈出的每一步都像是踏进了明朝，而明朝的能工巧匠在大汶河上奉献智慧的场景闪现了出来。明石桥建成后，商贾欢腾、经贸繁荣的场景也闪现了出来。我又迈出了一步，感觉这一脚踏进了清朝，康乾盛世的图景闪现了出来。我再迈动一脚，突然感到心口隐隐地疼，八年抗战，三年内战，生灵涂炭，民不聊生，明石桥也成为灾难深重的受害者。

如今，随着时代的发展，明石桥作为交通枢纽的功能降低了，新修的汶河大桥横跨在大汶河上，代替明石桥做着新的贡献。今天的明石桥虽然沉默着，但见证了大汶口辉煌的明石桥依然在人们心中有着重要位置。

坚定的信念

　　很多人都问过同一个问题：如何才能达成心中的愿望？每个人在做一件事情的时候，都想获得成功，可有些人明明有着良好的条件，还是无法达成心中的愿望。究其原因，大多是因为信念不坚定，左右摇摆。前进的路上，没有坚定的信念，就不可能到达心中期望的终点。所以说，成功者永远都会信念坚定地追逐自己的梦想，而信念不坚定者永远也不会成功。

　　我有一位朋友，苦苦暗恋着他的一位女同事。每次下班都送她回家，还默默地帮她完成工作，照顾她的生活，可就是不敢表述心中的爱意。

　　有一天晚上，他把这位女同事送到小区门口的时候，想对她说："我爱你。"可鼓了好几次勇气，都没有说出口。随后，他的女同事走进了小区，他看着她的背影，脑门上直冒汗，却始终没有勇气叫住她。就在他想离开的时候，那位女同事竟然在楼下站住了。目光也一直看着他。他既兴奋又紧张，他知道女同事也一定在等着他表白呢。可他无论怎么给自己打气，始终不敢走上前去说那句："我爱你。"夜色朦胧下，他俩就这样对望着。最后，他竟然扭头跑了。随后没过多久，那位女同事成为别人的新娘了。

我的朋友痛苦万分，找到她说："我一直是深爱着你的。"女同事静静地说："那段时间，我一直都在等着你的表白，可你就是没有勇气，而我的老公在那时候是天天给我送花的。"我的朋友听后，只能长长地叹了一口气。

我的朋友明明有着很好的优势，就因为自身的原因，最终只能遗憾终生。还有一些人本来没有优势，可信念坚定，却成就了自己。

凯丝·黛莉一直想当一名歌手，可她却长着一张阔嘴和一副暴牙。第一天公开演唱的时候，为了显示自己的魅力，她一直想办法把上唇往下撇着，以掩饰自己突出的暴牙，但效果可想而知——她没有获得成功。

有一个人看了她的演出觉得她很有天赋，便率直地告诉她："我看了你的表演，就知道你想掩饰什么。你并不喜欢自己的那口牙齿。"黛莉听了很羞涩。那人继续说道，"这有什么呢？暴牙并不是罪过，为什么要掩饰它呢？张开你的嘴巴，只要你自己不引以为耻，观众就会喜欢你的。何况这口牙齿还说不定会带给你好运气呢!"

　　凯丝·黛莉接受了这个人的建议,不再去想那口牙齿。从那时起,她关心的只是观众。她张大嘴巴,尽情开怀地演唱,终于成为一名顶尖的歌星。

　　尼采在一首诗中写道:在你立足处深挖下去/就会有泉水涌出。是的,只要坚定信念,矢志不移地追逐自己的梦想,就一定能达成心中的愿望。

用信念的灯照亮前方的路

　　我的朋友刘先生是个企业培训专家，他应邀来我们这座城市演讲，顺便给了我一张门票。我目前正处于低迷时期，也确实需要充充电，便欣然前往。到达现场后，看到本市的很多企业家都认认真真地坐在那里，我不仅为朋友的课程受到如此的重视而高兴，更感到这次学习一定会大有收获。于是，我也认认真真地坐了下来。

　　刘先生在讲完企业成功的一些理念后，问大家："有谁知道肯德基?"他的话音刚落，大家便不由自主地笑了。肯德基谁会不知道呢?

　　刘先生又问："有谁知道肯德基创始人哈伦德·山德士的创业经历?"这时，只有几个人表示略知一二。

　　随后，刘先生便说起了哈伦德·山德士的经历。他说，肯德基的创始人哈伦德·山德士在刚刚五岁的时候，父亲就在一次意外中离开了人世，而母亲在不久之后因为不堪生活的重负也改嫁他人。哈伦德从此以后就没有人照顾了，所以十三岁他就辍学开始到处流浪。

在流浪期间，他几乎从来没有穿过一件干净漂亮的衣服，甚至都没有吃过一顿饱饭。为了维持生计，他曾经当过餐馆的杂工，也当过汽车清洁工，在农忙季节他还到农场谋一份工作。在他十六岁的时候军队来招募士兵，虽然还不到规定的年龄，但他还是通过谎报年龄的方式参了军。在服役期满之后，他利用在军队中学习的技术开了一个简陋的铁匠铺，由于竞争激烈，在不久之后铁匠铺就关门大吉了。

他的生活几乎又回到了参军以前的状况，不甘现状的哈伦德·山德士又通过自己的勤劳肯干谋得了一份在铁路上当司炉工的工作，在没过多久之后他就因为工作表现好从临时工变成了一名正式工。哈伦德·山德士感到从未有过的高兴，因为他觉得自己终于找到了一份安定的工作，可以结束飘浮不定的生活了。

但是好景不长，在经济大萧条前夕，他失业了，而当时他的妻子刚刚怀孕。更不幸的是，就在他的事业处于低谷之时，妻子也离开了他。他到处寻找工作，却处处碰壁，但是他从来没有放弃对生活的希望。这段时间，他不得不从事多种工作，如推销员、码头工人、厨师等，但是无论哪种工作都不能长久，他不得不一次一次地更换工作以维持自己的生活。其实在这期间他也试着开过加油站或经营其他的小生意，但是均以失败告终。后来他的朋友们都劝他不要再折腾了，认命吧，你已经老了。

哈伦德·山德士从来没有认为自己已经老了，所以对于朋友的劝告一直不予理会。直到有一天当邮递员给他送来一张属于他自己的第一份社会保险支票时，他才意识到原来自己真的老了。也许真如朋友所说，认命吧，折腾了一辈子都没有折腾出什么成就，现在已经老到领社会保险的时候了，难道还不放弃吗？哈伦德·山德士曾经多次这样问过自己，但是每次他给自己的答案都是"绝对不能放弃"。

之后，他就用那张 105 美元的社会保险支票创办了闻名于全球的肯德基快餐店，终于在他 88 岁的耄耋之年迎来了欣欣向荣的伟大事业。

讲完后，刘先生又问："有知道米斯及的吗？"

这时，大家都愣住了，你看我，我看你，还不停地用眼神相互询问，米斯及是谁？

当大家都表示不知道米斯及的时候，刘先生笑着说："米斯及曾经和在座的诸位一样，是个创业者。但是他经历了一点挫折就放弃了自己的追求，天天抱怨命运对他的不公。所以，现在没有人知道他的名字。"听到这里，大家都笑了起来。刘先生接着说，"大家先别笑。仔细想想这两个人会带给我们怎样的启示呢？无论处境如何不幸都不重要，只要对创业的信念永远坚定，一切皆有可能!"这时，全场爆发出雷鸣般的掌声。

　　刘先生的课程结束后，我的眼前仿佛点亮了一盏灯。以前，制定的目标之所以会动摇，就是信念不够坚定。有了信念这盏灯，我相信我的人生将不再低迷；有了信念这盏灯，一切皆有可能。

如果你像我一样漂泊

如果你像我一样来自农村，如今仍旧在城市里漂泊。那么，就像我一样立志改变吧。

我从小就立志改变，因为我深深知道，如果不改变，我依然会像父辈那样面朝黄土背朝天；如果不改变，我即使像老黄牛一样辛勤地工作，等待我的仍然是那片耕不完的黄土地。我从不相信这就是命运，命是父母给的，我无法改变，但我可以改变运，因为命运就掌握在我们自己的手中。有人说，成功虽好看，拼搏太艰难。我想说：雄才自古出逆境，好钢从来淬火烧。

我是带着心中的梦想来到城市的，和大多数城市里的边缘人一样，渴望在林立的高楼大厦间寻找一片属于自己的天空。但是，刚开始就是这样，当我一路走来并洒下一路的汗水的时候，不得不说一句："都市的柏油路太硬，踩不出足迹。"现在，也许有很多人还像曾经的我一样，在城市里只是一味地埋头苦干，却不停下来仔细地想想，为什么我们付出了努力却很难达到心中的梦想。我想，选择怎样的一条道路是至关重要的。不要只会看着别人怎么怎么成功，别人的道路不一定适合自己。只有根据自身实际情况，再结合未来的发展趋势，才能找到正确的方向。

成功只属于把握未来的人，成功只属于超越传统的人，成功只属于掌握趋势的人，成功只属于矢志不移的人。

回首过去的人生历程，也许有太多的机会在不经意间与我们擦肩而过，正是因为曾经失去得太多太多，我们才要更加珍惜身边的每一次机会。尼采在一首诗中写道："在你立足处深挖下去/就会有泉水涌出。"如果你像我一样漂泊，从今天开始，我们一起努力吧！

自由职业者

　　我的同事老赵是个干大事的人。至少他这么认为。他的确也干过几件让我们羡慕的事情。比如我们公司的职工宿舍刚刚投入使用，他便从外地弄来了一批蚊帐。他推销的方式也很直接，进门二话不说，就把蚊帐挂在同事们的床上。碍于面子，同事们谁也不好意思不要，就这样，老赵小赚了一笔。随后，他又根据季节，先后卖过蚊香、棉被等。他的收入让拿死工资的我们很是羡慕。

　　老赵成了公司里的"名人"。大家都知道他是个能够干大事的人，但公司领导却不这么认为。在领导眼里，他工作不务实，所以，老赵一直没有得到提拔。

　　老赵在公司里感到大材小用，便递交了辞呈，成立了一家搬家公司。有一段时间，老赵的生意非常红火，很快就开上了一辆帕萨特。这让同事们对他更加刮目相看了。但正当老赵的搬家公司干得红红火火的时候，他却带着那帮搬家工干起了广告公司。

这让我很是不解，老赵说："我是干大事的人，我有更大的目标。没有哪个国家的首富是干搬家公司的。而广告业是世界十大行业之一，所以，我进军广告业是大有作为的。"但是，事情并没有像老赵想得那么简单，由于没有经验，他的广告公司很快就倒闭了。

后来，我在街上碰到老赵时，他比以前更加斗志昂扬，这很出乎我的预料。老赵热血沸腾地说："我很快就要成为亿万富翁了，到那时，我打算移居海外。"老赵的情绪把我也感染了，接下来在他的讲述中，我明白他正在干传销。由于我天生喜欢按部就班，所以也只能安安分分地干好自己的本职工作。尽管老赵给我讲了半天，我也没有被打动。老赵对我的不开窍很是遗憾，说我只能眼看着他去赚钱了。

有很长一段时间，我没有和老赵联系。听一个朋友说，他干传销赔了好几万，现在正四处躲债呢。作为老同事，我觉得有必要帮助他一下，虽然我的存款不多，让他解决燃眉之急还是没有问题的，于是，我拨通了老赵的电话，并告知了我的意思。谁知，老赵却说："我是干大事的人，还需要你的帮助？"我说："你目前不是没有工作吗？"老赵不高兴了："我这怎么是没有工作？我这叫自由职业者。"

小区里的温暖

老张虽然住在我的楼下，可总是让楼上的居民忽略。老张的老伴去世了，孩子在外地工作。他总是一个人闷在家里，很少与人来往。所以，楼上的居民很少提起他。

小陈一家人刚刚搬来，住在我的对门。小陈媳妇是个热心人，对谁都非常热情。谁家有个红白公事，她总是主动地帮着跑前跑后。楼上的居民谁见谁夸。

小陈媳妇对老张更是格外关照，一有时间便跑去嘘寒问暖。老张一个人懒得做饭，常常买一些现成的蒸包或者菜饼。小陈媳妇说这样对身体不好，便经常做了可口的饭菜给老张端去。那天，老张得了肠胃炎，住进了医院。由于儿子不在身边，小陈媳妇便在医院里无微不至地照顾着他。楼上的居民看着小陈媳妇像女儿一样伺候老张，都对她大加赞扬。可小陈却有些不乐意，便说："作为邻居，平时照顾一下就可以了，他又不是你爸爸，连住院你都要陪伴着，有这个必要吗？"小陈媳妇说："正因为是邻居，我们才要相互关照。再说了，他儿子不在家，我们能坐视不管吗？"小陈说："没说不让你管，只不过你是个女人，总是不大方便。"小陈媳妇说："你是男人不去照顾，我也只能把他当成自己的老人了。"小陈无话可说了。

有一次，小陈夫妇外出，只留了女儿在家写作业。突然一个歹徒持刀闯进了他家。邻居们听到小陈女儿的喊叫，虽然偷偷拨打了110，但都不敢上前营救。这时，只有老张冲了上去。当110民警赶到的时候，老张正奋不顾身地和歹徒搏斗着，而他已经被刺了数刀。民警制服了歹徒，赶紧把老张送进了医院里。

小陈夫妇赶到医院的时候，老张的伤势已经平稳。小陈跑上前紧紧地握着老张的手，激动地连说："谢谢！谢谢！"老张微笑着说："不用谢，我们是邻居！"

自从这件事发生以后，楼上的人团结得就像一家人一样。当有人被帮助说声谢谢的时候，也会听到这样的话语："不用谢，我们是邻居！"

不要让失败压垮自己

　　我的朋友小 Y 在一个午夜选择了结束自己的生命，原因是憎恨自己没有能力，是一个不成功的人。听到这个消息，我颇为吃惊，更为他如此轻率地放弃年轻的生命感到惋惜。小 Y 是个很有才气的人，可就因为经不起挫折而轻言放弃。

　　小 Y 喜欢书法，曾经立志要成为书法家，也曾通宵达旦地练习过一些时间。可参加了几次书法大赛均被淘汰后，便动摇了他要成为书法家的信心。他找到我，说是要当自由撰稿人。我说："练习书法和写作一样，都是需要磨炼的。"小 Y 说："你发表的文章我看过，我感觉也能写出那样的文章。"随后，他便开始写作了。

　　几个月后，小 Y 又放弃了，他抱怨说："现在的刊物只认名家的稿子，作为新人想发表太难了。"我说："这是你的误解，所有名家也是从零做起的。"小 Y 悲观地说："当我熬成名家，还不得猴年马月啊。"于是，小 Y 又转行了。

小 Y 接下来从事过很多职业，都是因为经不起挫折而放弃了，现在连生命也放弃了。

成功有时候不是能力，而是意志。越战时期的残疾军人鲍勃·威兰德的故事便是最好的证明。他在美国是家喻户晓的英雄，他并不是靠作战英勇和战功赫赫而成为美国人心目中的英雄的。在美国人眼里，他是意志的化身，勇气的象征，奇迹的创造者。他说："只要你想做的事情，就一定能做到，就看你想做不想做了。"

1969 年，鲍勃·威兰德刚刚 23 岁，他因为在大学里是棒球主力队员而闻名。这时候，他接到了应征从军的征兵令。不幸的是，在他刚到越南的第二个月，就在密林中踩上了地雷，腰身以下顷刻间不复存在。他由一个高 190 厘米、体重 90 公斤的魁梧男子变成了高不足 1 米、有手无腿的半截人。面对这样的人生遭遇，灰心丧气以致轻生厌世肯定都是会有的，但鲍勃·威兰德没有，他做出了另一种选择。

鲍勃·威兰德告诉关心他的人："我是不会求助于别人的。没有双腿，我还有双手，我可以用双手代替双腿。"在医院里，他拒绝护理人员搀扶。他告诉护理人员，"我有双手，我什么都能做。"开始他很吃力，但不久就行动自如了。后来他又学会了自己驾驶汽车，还重新踏进了洛杉矶的大学校门，甚至考取了体育教师的资格。

鲍勃·威兰德自强不息的精神感动了千千万万美国人。不久，鲍勃又做出了一个令所有美国人瞠目结舌的决定：他要用手"跑"完从洛杉矶到华盛顿的 5000 千米路程。

几乎所有的人都认为这不可思议。5000 千米，沿途有连绵不断的山脉，荒无人烟的戈壁沙漠，还有人迹罕至的原始森林。家人极力劝阻他，舆论在积极赞美的同时也奉劝他为了身体三思而后行。但他下定了决心。他耗费了整整 3 年 8 个月零 6 天的时间，用自己的双手，走完了从西部洛杉矶到东部华盛顿、横跨整个美国大陆的 5000 千米的路程！期间他经历过 45 摄氏度的沙漠高温，零下 20 摄氏度的严寒，爬上过海拔 2400 米的山路要塞。坚强的鲍勃战胜了它们，最终走进了华盛顿。

在他将要到达华盛顿时候，整个华盛顿，或者说整个美国，万人空巷，像欢迎一支胜利归来的军队一样欢迎他的到来

鲍勃·威兰德的成功告诫了那些暂时没有成功的人，当遭遇失败的时候，先不要轻言放弃，而是静下来思考一下，失败往往是因为努力得还不够。特别像那些和小 Y 有过同一想法的人，首先不要让失败压垮自己，否则，将会和成功永远拜拜。

陪着妈妈租房住

妻子和我妈妈吵架，全是因为鸡毛蒜皮的事情，然而竟然日趋激烈，直至矛盾升级。妻子坚决要我妈妈搬出去。她说找人算过卦，命中注定婆媳不和。我找妻子协商，晓之以理，动之以情，但没起到作用。妻子依然坚决地说："她不搬走，我就搬走。"

看着妈妈的身影，我泪流满面。往事涌现在眼前，妈妈体弱多病，在我很小的时候，她就得过一场大病。当时医生说，即便是做了手术，也就只能撑个十年八年。医生的这句话深深地刺痛了我。我盼望着自己快快长大。从那时起，我就暗下决心，等我长大了，一定要让妈妈过上好日子。

初中没有上完，我便开始四处打工。随后，我回到家乡的城市，把妈妈接了过来，租住在一个破旧的院落里。

妈妈的身体很虚弱，需要补充营养。但是，任何补品对我来说都是奢侈品。那个时候，大骨头很便宜，我就天天给妈妈熬骨头汤。等把骨头熬到一定的程度，剔下碎肉让妈妈吃完，再让她把汤喝了。然后，我挑着能咬动的骨头吃掉。一来怕浪费，二来也算是给自己补充一点营养。虽然生活艰苦，但是我和妈妈总算在城里安定了下来，妈妈的脸上开始有了笑容。

转眼间，二十多年过去了，我在城里娶妻安家，妈妈的身体也硬朗起来了。本该是一家人享受幸福的时候，妻子竟然让我妈妈搬出去住。无论如何我也不能让妈妈一个人孤零零地生活，于是我便租了个房子，和妈妈一起搬了出来。虽然只有两个房间，但干净、宽敞，上网也方便。我和妈妈在这里开始了新的生活。

刚搬出来的那段时间，妈妈一脸的内疚，总觉得是因为她影响了我的家庭。我便安慰妈妈："只要和你在一起，我就开心。否则，我就不开心。你肯定也希望我开心。我们这两间屋很温馨，很安静。我喜欢这里。"

只要妈妈生活得好，我的心情就好，做事也有了兴致。我在房间里摆了个书画案子，一有空闲就挥毫泼墨。刚把案子弄好时，我先写了一个字画同体的"福"字，意为观音送福，贴在妈妈的房间里，以此祝福妈妈。妈妈很是喜欢。

阳光每天都会光临，房间里弥漫着温暖。陪着妈妈在外面租房子住，条件虽然简陋，但生活得很快乐。我喜欢陪着妈妈，喜欢和妈妈在一起的日子。只要妈妈的心情好，对于我来说，比什么都好。

选择不对　努力白费

　　小刘不仅是我的老乡，还是我的文友。因为年长我几岁，经常以老大哥的口气教导我如何在城市里生存。我俩都来自农村，曾经为了共同的文学梦想一起来到城里，渴望在这里能够实现自己的作家梦。然而，事与愿违，几年下来，我们仅仅在小杂志上发过一些小文章，所得稿费少得可怜，生存便成了摆在我俩面前的头等大事。

　　小刘一向比我有思路，他很快就摸清了在火车站倒票的门路。看得出来，收入很不错。不长时间他就鸟枪换炮了，不但揣着两部手机，还开上了一辆二手车。小刘看我仍在贫困线上挣扎，就提出让我和他一起倒票。并说，因为是兄弟，他愿意把所有的窍门都教给我，保证让我很快就脱贫致富。因为对这种事情有着一种心理的排斥，我拒绝了小刘的好意，还是坚持走撰稿之路。当然，也就少不了被他"教导"一番。

过了一段时间，我的稿费收入虽然有所提高，可小刘已经买上房了。这对于我们这样一心想扎根城市的人来说，的确是件了不起的事情。就在我羡慕的同时，小刘又一次找到了我。这次，我跟他去了火车站。小刘指着售票大厅旁边的一排平房说，他所有的票就是从那里面倒出来的。看上去很复杂，其实很简单。他把我领进去，要示范给我看。可我刚走进门口就感到后背直冒冷汗。我知道我天生干不了这个，就转身退了出来。小刘很是生气，一边数落着我，一边随我走了出来。

走到火车站广场，我俩刚好遇到了一位多年不见的老作家。老作家听了我俩各自的状况后，对小刘说："你现在虽然得到了一些收入，可选不对行业，最终会失去得更多。"随后，老作家又鼓励我好好写作，只有锲而不舍才会有所收获。老作家走后，小刘对他的话很是不屑。对我说："大道理谁都会说，可我们的生活差距已经越来越大了。"我说："不管怎么样，我还是想在写作上寻求发展。"小刘看我如此"不可救药"，摇了摇头。

几年后的一天，我在街上遇到小刘时，他正一脸的沮丧。他说已经不再倒票了，现在查得很紧，他刚刚从拘留所里出来。我说："你可以重新写作，我现在的稿费收入足以养家了。"小刘无力地说："这么多年没有动笔了，我早就找不到写作的感觉了。"说完，他显得格外忧伤。

告别了小刘，我想起了老作家的话：选不对行业，最终会失去更多。

写给心中的海

　　出生在泰山脚下的我，距离大海很远，这是童年乃至少年时期留下的印象。现在，随着时代的发展，想去看大海已经成为很简单的事情，但童年的印象难以磨灭。在儿时的乡村里，每每听大人们说起关于大海的传说、关于大海的事件，眼前便辽阔起来。大海是那么遥远，那么深邃，那么神秘，那么令人神往。一粒想见到大海的种子就在那个时候种在了心里。

　　成年后，看了很多与大海有关的书籍和影像资料，浪花、礁石、渔船、纤夫、海鸥等词汇在脑海里不断地编织着大海的样子，但总觉得不全面。渴望看到更美的大海，全部的大海，于是，想要身临其境的想法便更加深了。

　　第一次见到大海是因为去参加文学活动，准确地说，去参加文学活动是为了见到大海。因为这样那样的原因，我基本不参加文学活动。那次心动，无疑是因为文学活动负责人说举办地点在青岛。一听到青岛，大片大片的蔚蓝立即涌进了眼帘，我当即答应去参加。遗憾的是，第一次见到大海的印象并不深刻。抵达青岛的时候天色已经很晚，匆匆赶到目的地就休息了。第二天一大早，怀着尽快看到大海的心情，和文友打的去了海边，文友们迎着海风挥舞着双手，尽情地欢呼，我默默地极目远望。本想捕捉些灵感，可脑际里却一片空白。因为参加笔会，我们很快便和大海告别了。

回来后，一直想写一篇关于海的文章，几次呆坐半天，留不下几个文字。我想可能和大海的缘分还不够，仅仅几十分钟，我怎么有资格找到写作的感觉。于是，便期盼着能够再次见到大海，期盼着能够好好地看大海。

随旅行团去中国香港，让我第二次见到了大海，这次在中国香港待了六天，除了购物大部分时间都在和大海亲密接触。特别是在夜晚的游轮上，我没有在船舱里看演出，而是站到甲板上一直尽可能地和大海拉近距离。中国香港的夜晚非常美，深水港也给我留下了深刻的印象，可是商业气息弥漫的中国香港也没有让我找到写作的感觉。

我很想写写大海，写写缤纷我童年记忆的大海，后来终于有了机会。截至目前，我已经写下了五十首关于大海的诗，这源于我第三次见到大海，第二次见到青岛的大海。

青岛，一个多么美丽的名字，一个多么令人向往的地方。

这一切都与大海有关。

第二次去青岛之前，我已经度过了无数个被蔚蓝的海水弥漫的夜晚，在那一个个的梦境里，浪花悄悄绽放在我的眼角。我知道唯有在梦里与大海相逢，我愿在这样的梦里长睡不醒。那段日子，我在白天的山下踽踽独行，我在梦中的青岛拥抱大海，我祈求上帝，让我的人生全部变成夜晚，哪怕仅仅为了一个梦。

上帝是青睐我的，让我遇到了海的女儿，让我有机会第二次去了青岛。和海的女儿相逢于一座古城，随后便知道了什么叫思念疯长。青岛的大海美丽，青岛的女孩也美丽，我坚信青岛的女孩是因为大海的缘故才美丽的。感谢海的女儿，如果没有海的女儿，我可能还会去青岛，可不知道什么时间，也许遥遥无期。因了海的女儿，我和大海有了次约会，也把大海带进了梦境，温暖我的人生。

由于没买到火车票，我坐了客车。真庆幸是坐客车去的青岛。一驶进青岛的地界，大海就夹道欢迎了。远处的船只静止在水上，宛如一幅诗意盎然的画卷。几只海鸥时而左，时而右，时而高，时而低，像是在举行一场别致的欢迎仪式。如果不是在车上，我会张开双臂和大海拥抱，和渔船拥抱，和海鸥拥抱，和青岛拥抱。

青岛的天格外蓝，蓝得迷人，蓝得让人不想移开眼睛。朵朵白云给我的第一感觉就是大片大片的棉花在空中悬挂。我对前来接站的海的女儿说："青岛盛产棉花啊!"看海的女儿不解。我又说，"你看天上，漫天的棉花。作为青岛人真幸福，蓝天这么蓝，白云这么白。"海的女儿笑了："青岛美的地方很多。"

青岛作为名城，的确美景众多，但最美的还是大海。我和海的女儿走到海边，此时的海浪欢呼着、奔腾着，不时地跳到岸上打湿行人的衣服。看着身边海的女儿，我不禁在心中吟道：701度的海浪，浓香型；身边的美丽，我醉了。

青岛的大海千姿百态，到了夜晚，海浪像是既怕惊扰了游人，又怕游人注意不到它的存在似的，时而悄悄退去，时而翻滚着海浪重来，把无数朵浪花缤纷在人们的心里。我踩在细软的沙滩上，以心为笔，以沙滩为纸，默默地写下一片相思字，为海的女儿，为将别的大海。

又要离开大海了，有些不舍，然而终究要离去。望着大海，望着送别的海的女儿，我写下了这样的句子：如果我有一把利刃，首先斩断时间的脚，让我回到离别之前，省得泪水涟涟。

从青岛回来后，我经常和朋友们说我的心不在身上了。朋友们以为我开玩笑。我并没有开玩笑，我早把心留在了青岛，留在了大海。

做一个快乐的人

老贾在我们小区附近的一个菜市场旁边修理自行车。每次经过他的摊位，他不是嘻嘻哈哈地和别人说笑，就是哼着一些自己篡改的流行歌曲快乐地忙碌着。在整日忙忙碌碌的人群中，老贾是个十足的"乐天派"。他的精神头儿让大家很是羡慕。有人还提议老贾干脆弄个店面，就叫"快乐老贾修车铺"。老贾幽默地说："无论修车铺儿，还是修车摊儿，我都快快乐乐过一天儿。"

老贾是个快乐的人，周围的人没事的时候都喜欢和他聊上几句。有几位退休的老大爷更是把他那里当成了一个固定点儿，吃完饭就拿着马扎去找老贾聊天。他们还模仿着老贾的腔调，也幽默地说，能和老贾聊聊天，给个县长也不换。还说这是一种精神享受。

老贾之所以每天都这么快乐，主要是他的心态好。其实，他的遭遇也很不幸，在儿子很小的时候，他的妻子就去世了。他既当爹，又当妈地把孩子拉扯大，现在儿子在外地上大学，所有的经济来源就靠他在这里修理自行车。但老贾从不认为生活有多难，整日快乐地工作着，还用快乐感染了周围的人。

老贾喜欢孩子，经常给小区里的孩子们买东西吃，我儿子便是其中之一。那天，我对老贾说："以后不要给孩子买吃的了，你挣钱也不容易。"老贾笑着说："看着孩子们高兴，我也高兴，我在分享他们的快乐哩。"我羡慕地说："你真是一个快乐的人。"老贾又幽默地说："小沈阳说了，人生可短暂了，眼睛一闭，没睁，一辈子就过去了。人活着，忧愁是一天，快乐也是一天，为啥就不快乐地生活呢！"

听着老贾的话，我很受启发，以后我也要做一个快乐的人。

我愿为你绽放相逢的笑颜

"如果我有一把利刃，首先斩断时间的脚，让我回到离别之前，省得泪水涟涟。"这是我离开海城时写下的句子。如今半年过去了，依然是这种感觉。和心中的她离别时的情景每天都在我的眼前闪现。从海城回来后，我经常和朋友们说我的心不在身上了，朋友们以为我开玩笑。我并没有开玩笑，我早把心留在了海城。

如今，所有的思念都是关于海的。山下没有海，我喜欢到有湖的公园里去。喜欢看着波光粼粼的湖水，进行一些小说情节的构思，特别是爱情小说。这样的环境是容易产生一些爱情小说构思的。虽然，我在湖边构思了很多爱情小说；虽然，有湖的公园是恋爱中男女们理想的天堂。但是，却没有爱情发生在我的身上。我也不希望有爱情发生在我身上，因为，我有我远方的爱情。

我最常去的是东湖公园。每逢夜晚，远处的柳树下，近处的小桥边，身旁的台阶上，到处是情侣。或缠缠绵绵，或纵情欢笑，或你追我赶，或打情骂俏，幸福得像糖人一样。尽管他们卿卿我我的样子让我更加感到形单影只，看着他们如此甜蜜，如此恩爱，我的心里也会像东湖的水一样荡漾着层层的涟漪。这个时候，我总会想起心中的她——让我日夜思念的她。

心中的她，在海城还好吗？

尽管心中的她不可能出现在这里，可我依然幻想着在这里遇到她，哪怕匆匆一瞥。有时我还不由自主地找寻她的身影。虽然明知道是徒劳，可无法停止脚步。是啊！心里想着一个人的时候，脚步就无法在一个地方长时间地停留。我时而在望着路边过往的行人，时而又转身回到湖边搜寻着目所能及的每一个角落。因为多了份期望，渐渐地就忽略了时间。

星星们安静地睡了，整个公园里静得听不到一点响动，我的心里也平静了许多。我顺着公园里的小路静静地散步。路的两边全是丛丛竹林，路灯的光芒只是透过层层竹叶的间隙洒下一些斑斑点点。在这样的小路上怀着爱情行走是很有些诗情画意的。尽管心里不时地掠过淡淡的惆怅和忧伤，但我却很喜欢长时间地被这种感触弥漫。这是我这么多年来第一次拥有的感觉，细细感受，即使苦涩也满含芳香。我坚信不是所有的人都会有这种感觉，遇到爱情的人是幸福的人。感谢你，让我成了幸福的人。

　　这个夜晚，我怀着爱情在湖边行走，记忆的花次第盛开，季节的风掠过我们一起走过的地方，几千年城墙，八百里秦岭，还有叫海城的车站，挥之不去的思绪将情感点燃。自从离别时脑际空空地踏上列车。我就双手合十，期盼着我们再次相见。尽管时光让我们渐渐老去，哪怕彼此老态龙钟、步履缓慢，我也愿为你绽放相逢的笑颜。

远方的女孩

　　刚刚从外地归来，尽管乍暖还寒时节，冷风不时地呼喊着在都市的街道上游走，我并没有感到多少凉意，这主要源于那座位于海边的城市，以及城市里一位女孩。于是，就那座位于海边的城市走进我的心灵深处，我在心里把它称为海城，这一切无疑是和爱情有关的。

　　我只去过一次海城，那是多年前去参加一个文学研讨会。因为对海的向往，在一个夜晚，我独自去了海边。一望无际的海水让我禁不住思绪万千，在海边伫立良久，我竟异想天开起来。如果能在这美丽的海滨城市遇到爱情该是多么美好！于是，我期盼，我手舞足蹈，但幻境中的海城女孩并没有出现。现在想想，虽然有些可笑，可作为一个梦境，我把思绪留在了海城。

许多年过去了，梦境也开始遥远。就在我不再梦想海城女孩的时候，在一次旅行的途中，因为一位女孩的出现，让我即将遗忘的梦境又重新灿烂起来。那天，我正在火车卧铺上坐着看一本叫《简·爱》的小说，一位女孩走了过来，嘴角的微笑分明是瓷制的，惹人爱怜，惹人珍惜，生怕一转眼就掉在地上一样。我预测到她应该睡在下铺，这让我有些欣喜。此时，女孩的气息弥漫了我，我开始热血涌动。

　　接下来的闲聊中，得知女孩的家是海城的，也来旅行，她俊俏的容颜连同大海一起进入了我的脑海，记忆也融入了诸多美丽。更让我惊喜的是海城女孩竟然喜欢写作。我们从《简·爱》开始，展开了文学的话题。因为有了共同语言的缘故，我们便聊得更加投机起来。

　　随后，我们结伴而行，游览了诸多景点。行进中，海城女孩的言谈举止就像一粒种子在我心灵的土壤上发芽了。从此，我的整个身心彻底被她占据了。

　　在返回的火车上，我一直努力地克制着自己。我明白，无论爱有多深，只能埋藏在心底。因为我看到过她给男朋友打电话时甜蜜的笑容，他们一定是幸福的一对儿。而我，心中能有这份爱就足够了。这也是前生修来的缘分。我会把这份爱像酒一样窖藏起来，让它在我的生命里馥郁芬芳。

　　到了一个站口，我迅速地走了下去，没有和她道别。我不敢，因为我已经在强行控制着我的眼泪。随后，我躲在一个无人的角落，看着火车驶向遥远。我擦了把泪水，默默地说着：
"别了，海城女孩，真的别了！"

火车走了，海城女孩走了。留给我的是美好的记忆，记忆是一只美丽的蝴蝶，每一天都在我的世界里飞舞。我的生命已度过了三十四个春秋，曾以为三十四个春秋飞走之后，我的世界会是一片茫茫的白，忘记了呼吸，忘记了疼痛，忘记了存在，当然这一切只因为忘记了爱情。然而，记忆这只美丽的蝴蝶有时白天，有时夜晚，有时在行走的途中，振动着彩色的翅膀缤纷了我的梦，让我知道心脏依然跳动，血液依然奔涌。无数次，我面朝南方，双手合十，期盼着我和海城女孩再次相见。虽然时光一去不再复返，我愿用双手为明天编制更美的花环，融入海城女孩赋予我的诗情，融入海城女孩缤纷我的梦境。

美丽的海城女孩，我从心里感谢你，在这个季节，我的心灵已被你温暖。我会默默地为你祝福！

用爱情取暖

在这个夜晚，我不仅被我的爱情温暖着，更被他们的爱情温暖着。

小张是我的文友兼网友，这段时间，他和我探讨得最多的话题是爱情。小张爱上了大学同学，毕业后，由于工作的缘故，两人去了不同的城市。他们的爱情不仅没有因为相隔遥远而淡漠，反而在思念中还感受到了什么叫刻骨铭心。

然而，因为相隔遥远，周围的人并不看好他们的未来，都说现在是物质至上的年代，爱情即使不是言情剧的专利，也是生活中的奢侈品。即使他不变心的话，也很难保证女友不变心。他的爸爸妈妈更是如此，希望他面对现实，不要幼稚，早日找个本地女孩结婚生子。这样的话听多了，小张也动摇过，可又割舍不下。

一天晚上，小张在 QQ 上问我："你相信爱情吗？"

我当即回复："当然相信。"一个人能遇到爱情，对于心灵和人生来说都是弥足珍贵的。评论家在评论日本作家片山恭一的小说时说过，《在世界中心呼唤爱》在日本出版以来日益受到青年男女的喜爱，很快刊行 171 万册，作为纯文学作品现已罕见地由畅销书变为长销书。究其主要原因，大概恰恰在于作者在爱被污染的今天提供了未被污染的爱，在没有古典式罗曼司的时代拾回了古典式罗曼司。这种了无杂质的、纯粹的爱情是对人们情感生活中缺憾的补偿，是对被粗糙的现实磨损了的爱情神经的修复，是对人们渴慕爱的干渴心灵的爱抚与浇灌。

随后，我又对他说："只要你是真的爱对方就坚定爱情，将爱情进行到底。只有这样，你的人生才不会留下遗憾。"

小张回复："我是真的爱她，我的心最清楚。夜有多长，思念就有多长，像我一样遇到心中的她，而心中的她又不在身边的人都会有这样的感觉。特别是冬季的夜，可以用思念绵长来形容。"

我说："爱情是美丽的，也是动人的。别人给我讲过一个故事，我现在讲给你听，一个中国香港男孩爱上了一个湖南女孩。女孩要去藏区支教，男孩欣然一起前往。支教中，两人在朝夕相处间更深刻地理解了什么是爱。爱是你给他系鞋带，发现他鞋子破了，你也不鄙夷；爱是把自己最好的东西给她而不要她的任何回报；爱是看他踢球站在窗前静静地微笑；爱是不需要说我爱你却永远知道你在哪里。后来，支教期满两人返回。在返回途中突遇暴雪，发生车祸。男孩被甩到了坡下，女孩跌进了乱石堆里。然后，男孩一步一步地爬，爬了一个多小时，爬上了山坡；女孩看见爱人爬，也开始爬，两人身后各拖着一条长长的血带，紧紧靠在了一起。当救援人员发现时，两人已经死了。男孩紧紧抱住女孩的臂膀，女孩的脸紧紧抵在男孩的胸前。这是个真实的故事，男孩叫毛梦索，中国香港人，足球运动员；女孩叫李卓玲，22岁，毕业于湖南师范大学，比男孩年长一岁。在微博里，她叫他亲爱的弟弟，并且在死去那天的微博里，李卓玲写道：我一生爱他，虽然他开始只是弟弟。"

良久，小张发来一句话："我被他们的爱情感动了。在这个夜晚，我不仅被我的爱情温暖着，更被他们的爱情温暖着。"

那夜，我和小张聊完后，久久不能入睡。我之所以喜欢把这个故事讲给别人听，就是因为我早就被他们的爱情温暖了。

在这个夜晚，我不仅被他们的爱情温暖着，也被我的爱情温暖着；在这个夜晚，我又想起了她，想起了给我讲这个故事的她，然后写下了下面的诗句：这个季节/唯一的流动是血/你是否和我一样/用爱情取暖。

故乡明月在歌唱

月亮又到了圆的时候了，尽管夜色小心翼翼地光临了我的房间，可淡淡的愁绪还是悄无声息地四散开来，并且很快就把远离故乡的我弥漫了。月亮虽然还是那个月亮，今晚的感觉却大不一样。看着窗帘笼住了月亮的大半个脸庞，我赶紧来到阳台，夜色随着我的目光的推进伸向了故乡的方向。

今晚，我展开思绪，置身都市的一角里独自舞蹈。

今晚，我极目故乡，遥望着那轮明月静静地吟诵。

月光在天空中纷纷扬扬地飘落，和我的目光不断地发生着碰撞。与月光碰撞的声音无疑是震颤心灵的。我知道故乡的那轮明月此时如同一个歌者正在抒情地歌唱。我张大耳孔，迫不及待地在这样愁绪萦怀的夜晚聆听那来自故乡的声音。我坚信，所有和我一样听到过它的歌声的人，都会被深深温暖，甚至泪湿双目。

今夜，故乡明月那涤荡心灵的声音散发着诱人的清香，飞速地穿过若干个城市直达我的耳畔；今夜，我有幸追寻着故乡明月的声音，向着心灵的方向放飞思绪。

此时此刻，我舞动钢笔，走进纸上的一行行文字，走进故乡的往昔岁月。故乡的明月引领我走进它所覆盖的故乡的山、故乡的河、故乡的田间地头、故乡的花前柳下……我在纸上走着走着，就感觉自己变成了一只飞鸟，从文字里张开了翅膀，在浩瀚的夜空中，朝着故乡的方向轻灵地飞翔。

多年以来，我漂泊在这座城市，用自己的方式生存着。无数个白天，我穿梭在高楼大厦之间，都市里没有我的诱惑；无数个夜晚，我以六楼的高度审视着都市里的酒绿灯红，只有记忆中故乡的袅袅炊烟是温暖眼睛的唯一颜色。我常常在夜深人静的时候，悄悄地披衣下床，伫立在窗前，默默地注视着夜空，静静地幻想。每逢这个时候，我也总能想起故乡的那轮明月。我乐于在这样的夜晚，让心灵远离都市的喧嚣，重返乡村的宁静，以笔为笛，在柔软如纱的月光下唱一曲命定的情歌。今晚又到月亮圆的时候了，我好想回到故乡的瓜田李下，吃一口香甜的月饼。

月亮的歌声从故乡传来，是唤我回家吗？

植根记忆的老槐树

风从泰山上一路而来，大片大片的绿色欢呼着涌进眼睛，首先温暖心灵的还是那棵枝繁叶茂的老槐树。只要有空闲，我喜欢到泰山西麓静坐一会儿。除了喜欢这里的幽静，我对那颗老槐树有着一种难以割舍的情怀。这主要是因为老家的村口也有这样一棵老槐树。老家的老槐树虽然没有山下的老槐树壮观，可在我的心里比这棵老槐树更加枝繁叶茂。

和往常一样，山风本来是悄无声息的，见我到来，便挥动着指挥棒让片片树叶极富韵律地飞舞着，一直把我带到了老家的村口，记忆里的画面一幅一幅地展开了。

初中没有上完，我就背起打工的行囊，开始一次次地从故乡走向异乡。每次离开家门的时候，娘总会把我送到村口，然后站在那棵老槐树下，目送我走向远方。娘不善言谈，她把对儿子的叮嘱和牵挂都凝结在目光里了。每次，我都对娘说："娘，回去吧，我都这么大了，有什么不放心的。"

娘总是点点头，挥挥手，不挪动半点儿脚步。

因为娘在老槐树下站着，我每走出一段路程，都忍不住回头看看。直到娘的身影模糊，我已泪落衣衫，我也就不敢回头看了，娘瘦弱的身子在老槐树下更加显得单薄与孤独。此时，我也不敢擦拭泪水，我怕这个动作加重娘的牵挂。我只有加快步伐，因为我知道，只要娘的视线里还有我的身影，她就不会回家。

听村里的人说，我外出打工的日子里，娘经常站在村口的老槐树下默默地张望。我知道，娘是在那里遥望着儿子的归途。尽管她知道还不到儿子的归期，可期盼与牵挂让娘不由自主。

那段日子，娘伴着老槐树，老槐树伴着娘，默默地念叨着远方的儿子。

在异乡的日子里，为了有一份好的工作，我时常从一个地方走向另一个地方。每一次行进在漂泊的路上，娘的身影总是我最重的行囊。一想到老槐树下娘的身影，我不会感到客居他乡的辛酸；一想到老槐树下娘的身影，跋涉的脚步再沉重我都会充满力量。为了让娘安心，我不但要努力工作，还要保重身体。我深深明白，只有每次回家的时候，让娘看到结结实实的儿子，她额头的皱纹才会舒展。

现在，我已经在泰城里安了家，把娘也接来了，已有多年没有回老家。这些年，无论走到哪里，只要看到老槐树，根植在内心深处的情感就会扯动记忆，萌发出绿色的小芽。幸好，泰山脚下也有一棵老槐树，我能够在这里遥想往日的情景。每逢这个时候，我也深深地体会到：有一段记忆温暖心灵，才能更好地对待人生。

　　我忘不了那条曾经被娘望出厚厚老茧的乡路，更忘不了陪娘一起瞭望的老槐树。娘在老槐树下的身影已经在我的脑海里定格成一尊雕塑。

与母亲同行

多少年来，我一直不敢触动童年乃至少年的回忆。那些噩梦般的往事曾经深深地烙痛了我的心灵，以致现在想起或有人提及我都禁不住泪流满面。

那个时候，在我家乡的那个山村里，我和母亲天天过得胆战心惊，常常以泪洗面。不仅仅是因为家里贫穷，更主要的是母亲的多病和不幸。父亲是个嗜酒如命且逢喝必醉、逢醉必发酒疯的人。他从来就不顾及母亲的病痛，有时一醉就是几天。我和母亲常常被打得鼻青脸肿。几乎每天我们都在一种极度惊恐的精神折磨和肉体折磨中度过。

一直到现在，我母亲看到醉酒的人或者到了晚上楼道里传来有人不规则的上楼的声音时，她还显得神色异样，坐立不安。我把母亲的这种神情视为严重的惊吓过度后遗症。这个症状医学上并没有明确定义，是我根据母亲的日常表现总结出来的。

在我很小的时候，母亲由于过度惊吓和劳累得了一场大病。我只隐隐约约地记得是肝硬化。当时医院制定的医疗方案是割脾保肝。也就是说，母亲割除脾后，就不能从事体力劳动了。更为严重的是，医生一再表明，即便是做了手术，也就是撑个十年八年。母亲常常抱着我一边哭一边说："我死了不要紧，你还这么小，可该怎么办啊！你父亲要是不喝酒了，我也走得放心。"我偎在母亲的怀里也哭着安慰她说："你不会有事的，医生又不是神仙，他们也不过是猜测罢了。"母亲怕我伤心，便没再往下说，只是紧紧地把我搂在了怀里。我虽然是在安慰母亲，可医生的这句话深深地刺痛了我。我恨自己不能快快地长大。如果我长大了，我一定会让母亲享上几天福的。后来，在我稍微懂事之后，就暗下决心，早晚有一天我要让母亲过上好日子。

我上初中的时候，母亲又得了一场大病，不知道是什么病，鼻孔里只是不断地流血。医生说，这就是由上次的病根儿引起的。母亲本来就贫血，所以，这次比上一次病得还严重。

我是在一个早晨被家里人从学校直接接到医院的。当时我并不知道母亲的病有多么严重。家里的人都不告诉我。不过，我从家里人的表情和母亲痛苦的程度上能猜到这次肯定病得不轻。母亲一看到我就泪流如雨了。看到母亲鼻孔里塞着一块溢满血迹的棉纱布，看到母亲蜡黄的脸色，看到母亲瘦弱的身躯，我趴在病床上大哭了起来。紧接着，我看到周围的人也在偷偷地抹着眼泪。母亲用她那骨瘦如柴的手一边无力地抚摸着我的头，一边不停地对父亲说："要好好地对待孩子，要好好地对待孩子。"父亲站在一边，表情木然，他那双布满血丝的眼睛告诉我，他不是因为劳累，而是酒精又起作用了。

后来，村里的人告诉我，其实那次是母亲感到自己快不行了，才让家里人把我接到医院想看我最后一眼的。随后，村里的人又叹着气说："你母亲也太不幸了，你可一定要好好孝顺母亲啊！"听着村里人的话，我的眼泪立刻就止不住了。

母亲出院后，医生再次明确告知，不能从事任何体力劳动，否则的话，后果不堪设想。但父亲毫不理会，不但地里的农活很少干，还是一如既往地喝酒、发酒疯、打骂我们。我放学回家的时候，常常看到母亲一个人拖着病重的身体在地里艰难地劳作。很多时候，疼得她连身子都直不起来。我对母亲说："为什么不让爸爸干活？医生不让你劳动啊！"母亲说："干点活儿有什么？你父亲不打咱、骂咱也行啊！只要你父亲不喝酒，我就是累死了也能闭上眼睛啊！"随后，母亲把我搂在怀里又说，"咱娘俩命苦啊！有时候想想，咱就是出去要饭吃，也比待在家里幸福啊！"当母亲说完这句话的时候，我看着母亲的眼角里闪满了泪花，心里犹如刀绞般的痛。

那个时候，我还把让母亲生活好一点的希望寄托在父亲身上。我和母亲都盼望着父亲有一天能够戒酒，哪怕少喝一点儿也好。村里的人也都帮我们想过很多让父亲戒酒的方法。诸如请神婆，喝用鼠崽子泡制的酒等一些土办法，谁想到了，都会告诉我们。可是每次不但起不了作用，父亲还会变本加厉地大闹一场。我和母亲的境遇便会雪上加霜。若干种方法失败后，我和母亲只好小心翼翼地侍候着父亲，希望以此来感化他，让他少喝一点儿酒。父亲不愿意干农活，我们就让他待在家里；父亲喜欢吸烟，我和母亲想方设法地节约出钱来给他买一些好点的烟。那时我上晚自习，总是借用同桌的蜡烛，把买蜡烛的钱节省下来，等到父亲的生日给他买盒烟。后来，我甚至采用自残的方式期盼着神灵让父亲少喝酒。每到晚上吃饭，我草草地扒拉几口就躲到一边暗暗地用烟头烧自己的手臂，希望用自己的疼痛让神灵保佑这个晚上能够过得安宁。至今我的手臂上还有很多用烟头烙过的痕迹。可这些，根本就无法改变父亲。因为谈酒色变，从那时起我就对酒有一种彻骨的仇恨。

看着日渐虚弱的母亲，我在心里暗暗发誓一定要带着母亲逃离苦海。作为儿子，我一定要让母亲不再劳动，不再担惊受怕。否则，我枉为男儿！

为了早日能够带着母亲逃离苦海，我初中没有上完就自动辍学了。当时，我还没有勇气直接把母亲带到城里。毕竟，城里是个什么样子我也不知道。所以，那时候我就想先有了一些收入再说。也只有这样我们以后的生活才能安定下来。紧接着，我便投奔一个在城里干建筑工人的亲戚，在他那里干上了壮工。

虽然我不怕吃苦，可建筑工地上的一切工作对我来说都是全新的考验。我从没有爬过这么高的楼，而且还要在上面工作；我从来没有上过罐笼，而且还要在晃晃悠悠的罐笼上推水泥、沙子、砖等建筑材料。本来就因恐高而紧张再加上沉重的推车的我，速度总是比别人慢。这不仅要遭到工友们的白眼，还经常受到工长的训斥。工长多次指着我骂："干不了就赶快滚回家去，别因为你影响了大家的工作。"为了能有一些收入，工长的骂我能忍受，我最怕的是失去这份工作，便只好赔着笑脸，加倍地工作。有时工长看到我就一脸怒气地离开，下班后，我赶紧买一些烟酒给工长送去。

工地上到处都是废弃的钉子、木块、钢筋头。因为我对工作不熟练，经常划伤手或者扎伤脚。看着我伤痕累累的样子，我那位亲戚对我说："建筑工地上的活儿没有一样你能干得了，还是回家吧，因为你连累得我都受工长的气。"我便央求着说："干不了，也得干。我挣钱是为了我的母亲啊！"那位亲戚没法，只好帮我在工长面前多说好话。

为了多挣一点钱，能够尽快在城里安定下来。我先后做过粉刷工、壮工、装卸工……虽然这些工作对于一个十几岁的孩子来说非常劳累，可只要一想到母亲瘦弱的身体和在家中遭受的不幸，我都能够紧咬牙关硬撑过去。当时我只有一个目的——尽快挣钱——让母亲逃离苦海。

到了晚上，劳累的工友们很快就进入了梦乡。可我却因牵挂母亲而辗转反侧、彻夜难眠。脑海里也始终在想父亲是不是又喝酒了？是不是又打骂母亲了？母亲身体虚弱，可父亲一喝上酒就通宵达旦地折腾，母亲也只能忍受着、陪伴着，得不到休息。一想到这里，我的泪水就止不住地往下落。正是因为牵挂母亲，隔一段时间我就回家看看。

我在回家的一个晚上，父亲又喝多酒了。他拿着一把刀子不断地在我和母亲面前比画。尽管隔着桌子，我还是感到母亲的身体不停地发抖。在我外出打工的日子里，母亲明显憔悴了许多。虽然母亲口口声声说她很好，让我在外面安心工作。可我知道，母亲是怕我牵挂。我在家里，父亲喝酒时，母亲还有个伴儿。可我走了，她肯定会更加害怕。

现在，我已经有些收入了，我不能再让母亲过这种日子了。医生说她的病做了手术也就撑个十年八年。可要是这样下去，恐怕一年半载都撑不下去了。看着母亲担惊受怕的样子，我的心碎了。我决心带着母亲到城里去。再苦再难，我也要让母亲过上几天安稳的日子。那一夜，我寻了个机会，带着母亲爬过墙头，逃离了家门。

听着父亲在后面一边叫骂一边拿着手电筒追赶，我和母亲看到这种情形，知道这样很快就会被追上，于是赶紧拐弯跑进了村头的玉米地里。一直跑到听不见父亲的声音了，我们才松了一口气。我清楚地记得那是一个寒露潮湿、凉气逼人的夜晚，我脱下外套披在我和母亲的身上，我们紧靠着坐在几株玉米的下面，我第一次感受到了我们母子相依为命的体验。

等到天亮之后，我和母亲坐上了开往城市的客车，来到了我打工的这座城市。因为时间仓促，我找到一个很便宜的简易房租了下来。又从工友那里借来了铺盖。房东给了一张床，我让母亲睡了。我从工地上找了些木板又在地上搭了一个床铺。算是有了家的模样。

虽然我租的房子异常简陋，生活也很清苦。但看到母亲不再劳作，不再担惊受怕，我很欣慰。

那个时候，母亲的身体很虚弱，需要补充营养。但是任何补品对我们来说都是奢侈品。于是，我就天天给母亲熬骨头汤。等把骨头熬到一定程度，我再将能咬得动的吃掉。一来怕浪费，二来也算是给自己补充一点营养。

虽然如此，我和母亲总算在城里安定了下来，母亲的脸上也开始有了笑容。在我的记忆里，母亲从来没有这么舒心地笑过。对于我来说，母亲的笑容非常珍贵。我也总是将这笑容珍藏在心中，以温暖我那因为拼搏而疲惫的灵魂。

很多人都说我带着母亲在城里打工非常不容易。其实，我之所以能够历经风雨又一路走来，真的要感谢母亲。这些年来，我从生活的逆境中一次又一次地挺过来，母亲是我生命中最有力的精神支撑。

因为工作不稳定，收入也时断时续，我的生活常常陷入困境。我虽然表面坚强，内心有时候却很脆弱，特别是在生活上感到巨大压力的时候，我经常会滋生轻生的念头。所以，我感到自己一度"患病"。

工程完工后，工长承包不到新的工程，我们就解散了。再加上拖欠农民工工资的现象非常严重，我也不想再干壮工了。于是，我就开始跑人才市场，碰到什么工作就干什么工作。记得有一次，我在一家广告公司做业务。可工作了一个月，我也没做成一笔业务。我已经接连换了好几家单位，都是因为不能胜任而放弃，我非常沮丧。那几天，母亲的身体又不好，天天吃药。而我早已是负债生活了。

每天拖着疲惫的身躯行走在城市的大街上，我对以后的生活看不到任何的希望。每逢这时，我总会联想到不幸的过去和以后迷茫的道路，内心深处禁不住感到绝望了。我本想带着母亲在城里好好生活，让她过上平稳的日子，可没想到竟生活得这么艰难！命运之神为什么对我如此不公平？每每想到这些，我就一个人默默地向夜的深处走去。那时，我总是无助地埋身在黑夜里，任凭眼泪一次又一次地风干。

当我在城市里行走到心力交瘁的时候，我便打算不再继续下去了。与其这么艰难地活着还不如一走了之，一了百了。拿定了主意，我开始行动了。那天晚上，我给母亲做好了饭菜，并看着她全部吃完。然后，我把仅有的一些钱悄悄地塞在了她的褥子下面。假装说有事就走了出去。在我住的不远处有一个人工湖，湖水深不可测，我曾几次到湖边观察，我有把握当自己一头扎下去的时候完全可以到达另一个世界。

夜晚是黑色的，人工湖的水是黑色的，我的心情也是黑色的。这一切促使我要尽快离开这个世界，过多的停留意味着还要过多地思考，过多的思考意味着还要让心灵遭受折磨，所以，我快速地站到了湖边的平台上。就在这时，我忽然想到应该写一封遗书之类的东西，尽管没有什么意义，至少要让活着的人知道有一个人曾经在这个世上历经不幸。反正快要死了，多耽误一些时间也无所谓的。于是，我跳下平台，在旁边找了一个小石头，站在那里打起了草稿。

现在想起来，还多亏了打那个草稿。这让我不能不想到母亲。死是一件很简单的事情，一闭眼就可以完成。可是如果我走了，母亲怎么办？她不仅要继续以前的不幸，还要面临更大的不幸。如果那样，母亲的一生就只能痛苦而终了。我作为儿子，岂能丢下病中的母亲，撒手不管了呢？当初，我带母亲出来不就是为了让她过上平稳的日子吗？虽然，我生活过得还很艰难，可母亲毕竟不用再担惊受怕了。只要我活着，我就是母亲的希望。当儿的怎么能不给母亲一种希望呢？最后，我又想到了母亲刚随我进城时的笑容。母亲的笑容是盛开在我的心上的，我有责任让母亲的笑容永远灿烂如花。

自我斗争了很久，我终于回心转意。为了母亲，我一定要坚强起来。我可以一辈子做不成事业，但我一定要陪着母亲好好地活下去。为了母亲，再苦再累我也要行走下去。即使捡破烂甚至是去要饭，我也一定要让母亲好好地活下去。

在接下来的生活中，一些朋友看到我的生活状况，都说，给你母亲找个轻省的工作吧，这样也能减轻你的负担。我都婉言回绝了。我在心里说，我即使真的到了要饭的地步，也不能让母亲出去讨要，我一定要回饭来给母亲吃。

此后，我不但没有混到要饭的地步，还渐渐地有了自己的事业。在我创业的路上，每当遇到挫折感到心灰意冷的时候，我都会想着母亲的笑容，就会在心里重复起那句话："为了母亲，我必须坚强！"

几年后的今天，当我依然生活在这个世界上的时候，当母亲因为他的儿子能够安享晚年的时候，我必须感谢母亲带给我的生活动力。否则，我就没有机会感受生活的美好了。今天，距离那位医生说我母亲还能撑个十年八年的话已经过去二十多年了。母亲的身体越来越硬朗了，每次看到母亲，我都会会心地笑。

母亲没有给我财富，但母亲给了我生命，这是我最大的财富；母亲没有给我荣耀，但母亲能够健康地活着，这是我最大的荣耀！

通往家乡的路

当那枚渐黄的落叶由窗外的某棵大树漫不经心地从眼前飘过的瞬间，我突然感受到季节在这座城市里已经完成了交替。这个时候，我又有了到通往家乡的那条路上走走的冲动，这也是我多年来的一个习惯。于是，我轻着便装，静静地走出了家门。

我曾被这个季节数次击伤心灵，也曾被这个季节数次带进文字。这个季节给予我的感觉无疑在记忆里是尤为深刻的。奇怪的是，今天我沿着脚下的路朝着季节的深处走去的时候，竟然没有了昔日那种萧条和落寞的感觉。难道是因为曾经的黄土路变成柏油路的缘故？

早年，我是带着一路风尘的感觉从乡下来到城市的，又是带着拖着一身疲惫的身躯的感觉行走在城市的。所以，我试图从这条道路上寻找一点余温，便伫立路边，延伸思绪，伴随着由近及远的视线，开始一点一点地走进回忆。

这条路是由我的老家通向城市的必经之路，它的颠簸早就定格在我青少年时期的脑海里。就像我那个时期的生活一样，总让人感到无序和无望。第一次踏上这条道路源于我对生活的奋斗与挣扎。那时，很小就从事田间劳作的我，时常吸着烟头儿，扛着镢头儿，来到地头儿，长叹着这种面朝黄土背朝天的日子没有奔头儿。

为了改善生活现状，我开始学着大人的样子从城里批发一些小商品到集市上卖。因为本钱极少，没有能力多备一些货物，我只好上午赶集，下午去城里进货。由于道路坎坷崎岖，异常难走，每天往返需要花费四五个小时。赶上下雨的时候，情况更是糟糕。因为仅路途遥远、坑洼不平就够让人疲惫的了，若再下一场雨，变成了泥泞的黄土路对行人来说就是一种折磨。焦粘的黄泥没走几步就会沾满自行车的链盒，挡泥瓦不但变得毫无作用还常常会起反作用。尽管我每次都带一根铁棒及时地掏黄泥，可没过多久就要停下来掏一次的频率着实让人气恼。后来为了方便雨天出行，我只好把链盒、挡泥瓦等能去的部件全去了。就这样，因为这条破路让一辆好端端的自行车变成了名副其实的"裸车"。那时候，像这种"裸车"在街头巷尾随处可见，这实在是没有办法的事情。

对于这条道路让人恼火的记忆还有很多，印象最深的那次是在我进完货返回的途中看到一群人在号啕大哭。我停下自行车听路人说起了事情的原委。这家人的父亲得了重病，虽然及时雇了辆拖拉机往医院赶，可道路难走，还是耽误了治疗时间，老人在途中就去世了。那天，我回到家后，心情久久难以平静。为什么有条件的农村人都喜欢往城里挤，除了城市里的繁华更多是城市里的方便，想必道路也是其中的因素之一。

多年来，我对季节颇为敏感。每逢这个季节来临，心中总会有酸涩的感觉在不停地滋生。于是，总会到这条通向老家的道路上走走。今天的感觉却不一样了，宽敞的柏油路让心情也随之敞亮起来。往日尘土飞扬、坑洼不平的道路已被柏油路面尘封在地下，也尘封在记忆里。

望着这条平坦的柏油路，我禁不住在心里说："道路越来越宽，生活越来越甜，感觉越来越好。"是啊！时代让千里不再是路，平坦的道路让视线无限延伸，走在这样的道路上不觉得竟健步如飞！

谢谢你温暖我

下雨了。

那个站在丁香树下的小伙子还没有走，他已经是连续三天来这里了。不知道是什么原因，他每次来到这里总是静静地注视着丁香花，一直到天黑了才默默地离去。我坐在传达室里看着他，心里充满了好奇，这个人到底是为了什么呢？

雨越下越大，我看到小伙的脸上已经往下滴水了，便把他喊进传达室。我一边递给他毛巾，一边说："雨下得这么大。你还站在那干什么？"小伙擦着脸上的水说："我在找一种感觉。"我感到可笑，便说："我看你只能找感冒的感觉。满大街上谁像你傻傻地站在那里？"小伙叹了口气说："你是才来的吧。"我点了点头说："我才干了一个多月。"小伙说："一年前，我也是这个公司的员工，当时我干的是装卸工。"我问："那为啥不干了呢？"接下来，小伙就给我讲起了他的故事。

小伙高考落榜后，便随着村里在这个公司打工的人来到了这里，成了一名装卸工。那时候，他虽然干的是最脏最累的体力活，可他认了。农村人能找到这样的活已经很不容易了，一个高考落榜生还有什么本事？老老实实地靠力气挣钱吧！也许这就是一个人的命！

不过，小伙不像其他打工者那样，下班后就知道玩儿。他喜欢看书，毕竟刚刚离开学校，对知识还是有一种渴求。但是，他舍不得买书，便只好借。在同事那里是很难借到他需要看的书的，他有时间就四处寻找。幸运的是，他很快就发现了经常在丁香树下看书的秀云。当小伙向她提出借书看时，秀云很爽快地答应了。

小伙看完后，就来丁香树下找秀云再换新的。一来二往，两人便熟了起来。

秀云见小伙这么爱看书，就对他说："我办了个借书证，你可以列出你需要看的书，我随时给你拿过来。"小伙非常感动，慢慢地他也喜欢上了秀云。于是，每天晚上一下班，他就来到这里和秀云一起看书。

渐渐的，丁香树下成了他俩读书的乐园。

秀云知道小伙刚刚高考落榜后，便鼓励他回去复习，继续考大学。可小伙已经没有了往日的斗志，垂头丧气地说："我现在也只能这样了，我这辈子也许就这个命！"听他说完，秀云生气地说："我看你这么喜欢看书，以为你是有远大理想的人，没想到也是个窝囊废。"小伙说："即使我复习的话，万一要考不上，不就又浪费了一年。"秀云说："可你这样下去，会浪费一辈子。只要你像现在这么努力，一定会考上的。男子汉就要自信。否则，没有女孩子会喜欢你。"小伙子像是自言自语地说："我就是个没有女孩喜欢的人。"秀云听到他的话，竟然握住了他的手，小伙子的血液一下子就沸腾了。秀云说："只要你考上大学，我答应嫁给你。"小伙子一听这话，接着就兴奋了，忙说："真的？"秀云说："真的，丁香花可以作证。等你考上了大学，就给我打电话，咱俩一起来看丁香花。"秀云说完，摘了一朵丁香花，送给了小伙。随后，她又说，"送你这朵丁香花，记住，考上大学后，来这里见我。"小伙拿着丁香花兴奋得蹦了起来。

　　一年后，小伙真的考上了大学。于是，他迫不及待地给秀云打了电话。没想到秀云在电话里说："我们不能一起去看丁香花了，我已经和男朋友来到了另一个城市。其实，一年前我就有了男朋友。当时我看你这么爱看书，实在不愿意让你就那样消沉下去，为了鼓励你考上大学，便假装爱上了你。好好珍惜大学时光吧！会有好女孩爱上你的。"此时，小伙的眼泪已经流了出来，他对秀云说："我是真的爱上了你。"秀云轻轻地说："珍重吧！丁香花会记住这段爱情。"说完，秀云便挂了电话。

　　小伙从心里爱着秀云，也从心里感激秀云。为了铭记这份爱情，他就一个人又来到了这座城市，来到了丁香树下。

　　听完小伙的叙述，我也被深深感动了。我对小伙说："我一定好好爱护这棵丁香树，你好年年来看丁香花。"小伙说了声"谢谢"，看着外面的雨小了，让我给他在丁香树下照了张相，便默默地走了。

守　望

　　自从爸爸去城里打工之后，我就有了在村口的小路上守望的习惯。这是我们村通往城里唯一的一条道路。它顺着村旁小河的东岸弯弯曲曲地延伸向了远方。至于多远，我及我的小伙伴们谁也不知道。我们只知道用"很远很远"来形容它的远。因为年龄的缘故，我们也都没有在这条路上走得太远。以至于当听二柱说这条路通着天外面时，我们都为此憧憬了好长时间。一直到我的爸爸和伙伴们的爸爸都去城里打工，我们才知道这条路原来通向城里。

　　城市对于我们这些小伙伴来说是极为神圣和遥远的，说它在天外面也不是不准确。所以，一想到爸爸在城里，我就把所有的想念化成了期盼。我时常调动所有的想象力将那些我认为美好的事物全部收入脑海，特别是好吃的，好玩的，好看的。

然后就幻想着等爸爸回来一定让他带我去感受一回。想得忍不住了，就在睡觉的时候告诉妈妈。谁知，妈妈却瞪着眼说："你以为爸爸去城里享福？他是去下苦力！"我不解地问："那为啥还去呢？"妈妈说："不去咋行？咱家的收入可全指望着他呢。"我还是不理解，还想问，可妈妈没等我张口就拉灭了灯，催着我睡觉了。

因为村口的小路通着城里，我就有了很多的向往。又因为爸爸在城里，我便又有了难以抑制的期盼。不管因为什么，自从爸爸去了城里之后，我就经常不由自主地来到村口的小路上守望。我时常捡一个石块或者土坷垃什么的，顺着小路延伸的方向狠狠地投去。也时常摇晃着路旁的小树，朝着路的远方张望。无论做何种动作，我只有一个想法，爸爸能从我的视线里突然出现，让我一头扎进他的怀里，摸摸他那宽厚的胸膛，掐掐他那有力的臂膀。但我也知道，无论我怎样想象，一切都是徒劳。因为在我每次想到泪水汪汪的时候，总会听见妈妈唤我回家吃饭的声音。我顾不上再想下去便胡乱地摸两把眼泪回家了。

我能感觉得到，妈妈是比我更想念爸爸的。她时常站在挂日历表的墙前，静静地发愣。当每次撕下一页时，她都在手里把玩很长时间，先是卷成卷儿，随后弹成球儿，最后才丢到一边。有时，我看到妈妈闷闷不乐的样子，就问："日历表有啥好看的，还让你这么不开心？"妈妈回过身子拍一下我的头说："没你的事，快做作业去。"妈妈的不回答让我很不服气，就又说："你不说我也知道，肯定是想爸爸了。"妈妈笑了一下，说了声别胡说，就把我搂在怀里了。搂了一会儿，妈妈吻了吻我的额头说："你想爸爸吗?"我说："我当然想了，可爸爸啥时候才能回来呢?"妈妈指了指日历表说，等撕到我折起来的那一页就回来了。

我知道了妈妈也想念爸爸之后，每天更早早地来到村口守望了。尽管我知道这种守望没有任何的价值和意义，但它却占据着我整个心灵的空间。我的双腿根本不听我的使唤，它行走的方向完全取决于我对爸爸的期盼。那个时候，我最大的愿望就是一旦看到爸爸归来的身影，立马跑回家告诉妈妈。我喜欢向妈妈传达这种喜悦。我无数次地想象着那一刻带给我们全家的兴奋情景。所以，我对爸爸的期盼越来越迫切了。

爸爸并没有等到妈妈把折起来的日历表撕完就回来了。他和一块出去打工的叔叔们从城里走回来的时候已经是深夜了。看着爸爸沮丧的脸，我想象多时的兴奋情景一下子夭折了。我没敢多问，只是从爸爸和妈妈的讲述中知道了个大概。包工头带着钱跑了，爸爸他们也就白干了。因为没有钱，他们只好从城里走了回来。我虽然不知道这件事对我们家的影响有多大，但从妈妈的哭泣中，我能感觉到她伤心透了。

我不用再去村旁的路口守望了，可每当走到或接近那里的时候，我就会想起爸爸妈妈伤心的模样。

家门口的爱

　　当我快要下班的时候，那个叫悦尔的女孩又一次来到了报社。她进门还是那句话："编辑大姐，你帮我联系上水寒了吗?"面对她的询问，我感到很为难，为了安慰她，我还是只说了那句话："我正在想办法。"也许是听到我回答得有些勉强，悦尔的脸上挂满了失望，我只好再次安慰她说，"不要着急，我们也在想方设法地联系他，我们还要给他邮寄稿费呢。一有消息我马上通知你。"悦尔像往常一样，叹了口气，很失落地走了出去。她走到报社门口的时候还不住地回头望，看那意思就好像那个叫水寒的作者在我们报社藏着似的。

　　水寒是我做副刊编辑以来遇到的一位非常优秀的作者。他的文章让我们报纸增色不少，我也一直想见见他，遗憾的是他每次来稿都只写个笔名，所以，我始终没有办法和他取得联系。悦尔则是我们忠实的读者，确切地说，她是因为喜欢水寒的文章才成为我们的忠实读者的。悦尔在不断地阅读水寒的文章后竟然爱上了他，并渐渐地不能自拔。一开始，悦尔只是给我打了个电话，希望我能告诉她水寒的联系方式。我如实相告无能为力后，她竟然来到报社。我只好拿出尚未丢弃的水寒的来稿让她看，上面确实没有联系方式。她看着看着眼睛里竟多出了两朵晶莹的泪花。我只好安慰她一定想办法帮她联系水寒。从此，她便隔三岔五地来报社询问。

我原以为联系水寒是很容易的，可我在报纸上打出了很多期寻找水寒的消息，他的来稿中始终还是只留笔名，没有任何联系方式。看样子他并不在乎我们的稿费。这问题就有点难办了，我只好以"正在想办法"应付起悦尔来。

有一段时间，悦尔没有和我联系。她把水寒忘了，还是自己找到了水寒？还是……随着疑问不断地在心里产生，我便给悦尔打了个电话。悦尔听到我的电话很激动，第一句话就问："你找到水寒了？"我忙说："没有，我只是想问问你这段时间为何没来报社。"悦尔说："我病了，不过，我二十四小时开着手机呢！"我觉得有必要去看看她，便问了她的住址，赶了过去。

悦尔的父母在另一个城市，家里只有她自己。我赶过去的时候，她正在床上躺着。她的房间里贴满了从报纸上剪下来的水寒发表的文章。看着她虚弱的样子，我问："这段时间谁照顾你啊？"悦尔说："多亏了门口那个卖菜的小伙。以前他就经常来帮我干这干那。知道我病了后，更是经常过来。"正说着，那个小伙进来了，他对悦尔说："你家的液化气用完了，趁着这位大姐在，让她帮我看着菜摊，我去给你换了。"悦尔说："又麻烦你了。""和我别客气。"说完，小伙便扛着液化气罐走了。我只好去帮他看菜摊。

小伙回来后，我跟着他进了厨房。小伙说："大姐，这活脏，你也帮不上忙，你还是出去和悦尔说话吧！"我没有接他的话，直接说："你就是水寒！"小伙惊讶地看了我一眼。我接着说："承认吧！我在你的菜摊下面看到你写的手稿了，我就是发你稿件的编辑。"这时，小伙才红着脸，承认了他就是水寒。稍后，他说出了事情的原委。

水寒一直在悦尔的家门口卖菜，他见到悦尔的第一眼就爱上了她。只不过，他一个农村上来卖菜的，一直不敢奢望这份爱情。他在给悦尔往家里送菜时，发现悦尔把他的作品贴满了墙。他知道，悦尔也爱上了自己。但是，他无论如何也不敢面对，一想到自己是个卖菜的他就自卑。他觉得自己和悦尔根本无法相提并论。他只好把这份爱深深地埋在心里。他给报社投稿没写地址是因为他一直没有固定的地方。后来知道了悦尔经常去报社打探他的消息后，他便更不敢和报社联系了。于是，他便选择了默默地帮助悦尔，默默地承受这份爱。

就在水寒示意我不要声张的时候，悦尔却在外面听到了，她跑过来紧紧地抱住了水寒。

比城市更好的追求在乡下

夜已经很深了。泉子突然听到一阵狗的狂吠，紧接着是人跑动的声音，他正在纳闷，门便被拍响了。听那声音来人还非常着急。此时，整个村里也只有泉子家还亮着灯，其他人早就进入梦乡了。

泉子喜欢学习，经常学到深夜，不过，这个时候有人敲门还是第一次。他来不及多想，赶紧去开了门。没想到进来的是一位漂亮的女子。那女子进来后，慌张地说："大哥，实在不好意思，有人在后面追我。"泉子迅速从大门后面拿起一根棍子，站在了大门外面，他借着月色看到有几个人影已经往回走了。泉子刚想追，女子说："大哥，逮贼容易放贼难，别追了，一伙劫路的，走了也就没事了。"泉子一想也是，便关上了大门，对女子说："先进屋再说。"

女子说她叫翎子，她妈妈是知青，当年在这一带下过乡。她妈妈得了癌症，临终前嘱托她一定找到那位在她下乡时曾经救过她的老太太。由于她妈妈走得匆忙，没有留下详细的资料。她唯一知道的就是在这一带，当年有个老太太救过一位知青。可她一路找来，谁也不知道，再后来，她就迷路了。一直走到深夜，便遇上了那几个打劫的。整个村子只有泉子家亮着灯，她情急之下，便敲了他的门。听完翎子讲述，泉子说："这么渺茫的线索，又过去了几十年，你往哪里找？你的胆子也够大的，在我们附近的山上，晚上经常有草狼出现。"

翎子有点后怕地说："我也没想到会迷路。大哥，我也只能在你家借宿了。"

泉子有些为难地说："我家就我一个男人，你在这住，我怕人家说三道四。"过了一会儿，泉子看着翎子无助的眼神，又说，"也只能这样了，庄户人哪有把客人往外撵的道理。你睡床上，我在外面打个地铺。反正我一睡不着就看书，一看书就更睡不着。"翎子看了一眼泉子，说："大哥，你还很幽默。"

第二天，翎子在泉子家吃完了早饭，对泉子说："大哥，你好人做到底，帮我一起出去打听一下吧。我对这里也不熟悉。"泉子没办法，既然遇上了，那也只能负责到底。于是，他便和翎子出去了。

泉子和翎子走在乡间的小路上，翎子没有再提找那个老太太的事，碰上人她只是不断地询问一些山村的情况。诸如交通、地貌、地方特色等，问得很详细。泉子说："你要想了解这片土地的风土人情，你问我就好了，我对这片土地太熟悉了。我还在报纸上刊登了一个综合的乡村旅游开发计划。"翎子说："那太好了，我一边看，你一边讲，你可得给我讲仔细了。"有人对这片土地的开发计划感兴趣，泉子太兴奋了，这是他多年的一个梦想。于是他滔滔不绝地讲了起来。

泉子的叙述让翎子听得两眼直放光。望着这片土地，她的眼前浮现出了一片美丽的旅游山庄。如果把泉子的计划整体实施起来，不亚于刘老根的龙泉山庄。翎子看着这个思路开阔、热血沸腾的乡下男子，她感到不虚此行。泉子讲完后，开始对翎子疑惑起来，禁不住直直地看着她。翎子的脸有点发热，赶紧把目光看向了远方。泉子说："你不是来找人的吗？怎么还对开发乡村旅游感兴趣？"翎子微微地笑了笑，继而说出了她来这里的原委。

翎子是市旅游投资公司的经理，她一直在寻找旅游项目。泉子发表的那些有关乡村旅游的文章引起了她的主意，加之她的妈妈曾经在这里下过乡，她便关注起这片土地来。她先前曾经来过几次，也多方打听了泉子的一些个人情况，知道他是个有志青年，每天晚上都学习到很晚。她对这个自学成材的农村青年非常欣赏。特别是看到泉子近期在报纸上刊登的"乡村旅游策划与实施方案"和他的个人简历，使她更有了和泉子单独接触的想法。于是，她便以来寻找老太太（其实她早找到那个老太太了）为由，让公司保安扮成打劫的把她"逼"进了泉子的家。

　　翎子讲完后，又说："听到你亲自描述开发计划，也看到了你的魄力，我对整个投资项目很有信心。"泉子感到非常惊喜，但又不解地说："你想投资直接找我谈就是了，为什么还用这样的方式？"翎子的脸顿时红成了苹果，稍后，她低低地说："因为我还想了解你这个人。很多城里人虽然有钱，可大多是华而不实，我对他们也没有什么感觉。所以，我觉得比城市更好的爱情在乡下。"

　　听明白了翎子的意思后，泉子兴奋得蹦了起来。

我是一名弃婴

　　春天在春节过后正以稳健的步伐走来，大地上的温度也开始渐渐回升。可是在一些犄角旮旯里，却让人感到出奇的冷。这不是我在胡言乱语，一切都源于我的切身体会。目前，我正躺在一个不被注意的垃圾箱里，以一个弃婴的身份等待生命的终结。

　　是的，我是一名弃婴。可以肯定地说，在我刚出生的时候，也绝对是一名健康、漂亮、惹人喜爱的优秀婴儿。但令我没有想到的是，尽管我没有调皮，没有做错什么事情，厄运还是降临到了我的身上。我那个未婚先孕的妈妈对我的到来充满了仇恨。先是用钝器袭击了我的头部，随后又用利器直戳我的大腿，丝毫没有顾及我撕心裂肺的疼痛和声嘶力竭的哭喊。我没有能力反抗，任凭鲜血染红了被褥。我的挣扎只能让妈妈的残害一次又一次地加重。我终于奄奄一息了。妈妈也许看到我必死无疑，便让姥姥把我扔在这个不被人注意的垃圾箱里。

和我一块出生的婴儿们，无不是在爸爸妈妈的怀抱里享受着父爱母爱的温暖；无不是在家人的百般呵护下感受着来到人世的幸福。我却在遭受了肉体的折磨后，被丢在这个冰冷的垃圾箱里，还有了一个不该属于我的名字——弃婴。

我很清楚自己是怎样来到这个世界上的。这要从妈妈的打工经历说起。妈妈来到这座城市的一家超市打工的时候，正是十八岁的花季。花一样的年龄和花一样的脸蛋让她可以无数次地做着五彩缤纷的梦。很快，一个同样在这个超市打工的小伙子闯进了她的情感世界。渐渐的，在异乡的打工岁月里，这个看似优秀的小伙子成了她的唯一。

懵懂的爱情和草率的行动让妈妈的肚子里很快就有了我。然而，正是这个消息击碎了那个小伙子与妈妈继续营造爱情的美梦。不能承担责任的他在一个夜晚卷起自己的行囊不辞而别。妈妈的爱情破灭了，妈妈的世界坍塌了，妈妈的心理扭曲了。而我，也被她视为了仇恨之源。所以，无论我是多么的无辜，都难逃成为弃婴的厄运。

在垃圾箱里，我已无力呼喊，只有痛苦地等待生命的终结。后来，一个老大娘在扔垃圾的时候发现了我。老大娘把我从垃圾箱里抱起来的时候，眼里含着泪花，她不停地说，这是一个生命！怎么会有这么狠心的父母？这位善良的老大娘很快叫来了街坊四邻，他们立即拨打120，叫来了急救车。随后，我被众人送进医院了。由于伤势严重，在抢救了一个下午之后，被送进了重症监护室。

在重症监护室的日子里，我得到了医护人员的细心照料。我知道还有很多人在为我的遭遇奔波和忙碌。而这些人没有一个和我有血缘关系。我的消息在媒体上报道之后，很多人涌进了医院。他们纷纷留下现金或者物品，默默地离开。我记不下他们的名字，只看到了一张张善良的脸……

现在，我已经到了另外一个世界。尽管有无数好心人的关心和努力。我还是离开了仅仅停留了四十多天的人世。我知道，那些好心人已经尽心了，尽力了。在医院里的那段时间是我短暂的一生中唯一的幸福时刻。我走的时候，春天来了。无疑，我是温暖的！对于我的妈妈，我不想多说什么，我想她会慢慢思考的……

真正的男人

　　当都市的风携着乍暖还寒的凉意在大街小巷里肆意穿行的时候，东刚和妻子月梅来到了市中心医院。看着他们紧紧相依的身影和频频交织的眼神，人们都羡慕地说，这真是一对爱侣！可此时，夫妻二人的心里却是灌了铅一样沉重。

　　自从月梅检查出患上肾功能衰竭后，灰色的愁云便笼罩了这个原本幸福的家庭。换肾这个以前只在电视上看到的词汇，现在深深地扎着东刚和月梅的心。

　　肾！肾！肾！东刚的眼里闪烁着莹莹泪光，脑海里反复地闪现着能够延续妻子生命的肾！

　　在妻子住院的日子里，东刚每天为妻子喂饭、洗脚，形影不离地陪伴在她的身边，生怕一转眼就成永别。让月梅感动的是，因为治疗需要，有近一个月的时间，自己 24 小时都要坐着。东刚每天都陪在她的身边。尤其是在她因为坐着不能入睡的时候，东刚就在病床前陪她说话，给她讲以前的事情。看着日渐消瘦的丈夫，月梅的心里总有一种难以抑制的痛。

以前，东刚在和朋友闲聊的时候常说，肾是男人的发动机，肾功能下降的男人就不是真正的男人。此时，东刚突然觉得真正的男人就应该把肾换给妻子。于是，他找到医生，提出要用自己的肾挽救妻子的生命。医生说，只有有血缘关系的人配型成功的概率才大。月梅的家人都做了配型检查，但他们做肾移植手术不太适合，夫妻配型成功的可能性更小。

听着医生的话，东刚的心里堵得难受。难道自己救不了妻子？难道妻子的生命真的就要结束？想到这里，他的心痛了起来，他再次诚恳地跟医生说："哪怕有一线希望我也要试试。"于是，医生给东刚做了配型检查。也许是东刚的真情感动了上帝，他和妻子完全可以进行肾移植手术。当东刚激动地把这个想法向妻子提起时，月梅却没有答应。随后，他又多次提起，月梅仍旧没有答应。换肾是挽救妻子生命的唯一方式，老这么拖着，对治疗更加不利。医生也多次说，如果不能换肾，月梅的病将会继续加重。听着医生的话，东刚心如刀绞。

最后，东刚看着病榻上的妻子决定无论如何也要为妻子换肾。妻子还是坚决反对，她说："你是家里的顶梁柱，万一发生什么事情，孩子们怎么办？"东刚握着妻子的手，坚定地说："我还想和你走完下半辈子，你不能抛下我一个人。无论有什么事情，让我们患难与共、相互支撑！"最终，月梅没能拗过情深义重的丈夫，眼含着热泪同意了。

手术开始的时候，因为手术需要，东刚的喉部插入了一根输氧管，无法说话的他用手势比画着要来纸和笔含泪写下了几句话交给了医生，上面写着："老婆，做了手术一切都好了，你一定要坚强！"医生拿给月梅看，月梅望着纸上的字，坚定地点了点头。

手术成功了，妻子获救了。当医生宣布东刚的肾已在妻子的体内正常工作时，夫妻二人眼含着深情喜极而泣。那一刻，两人谁也没有说话，只是用心在无声地交流。

是啊！那一刻，不需要任何语言。月亮和星星没有语言，却彼此相守了亿万年；高山和溪流没有语言，却默默相伴到永远。月梅望着丈夫，在心里深情地说："这辈子我没有嫁错男人。"东刚望着妻子在心里坚定地说："这辈子我就要做真正的男人！"

榜　样

　　天还没亮，我就听到隔壁又传来大奎和他娘吵吵的声音。这已经是家常便饭，原因也很简单，大奎不给他娘粮食。这个大奎也真是，一个老人能吃多少粮食？别说是自己的亲娘，就算是个要饭的也不能如此吝啬啊。大奎家的日子虽说不上富裕但粮食还是不缺的。难道大奎就不想想他以前的日子是怎么过来的吗？

　　和大奎家老邻居地住了这么多年，他家的情况我非常了解。说起他娘，全村人没有不说命苦的。大奎的爹去世时，大奎才三岁。是他娘既当爹又当妈，一把屎一把尿地把大奎拉扯大的。那些年现在说来是一转眼的工夫，可在当时那段时间对她母子来说绝对能够用度日如年来形容。

　　为了供大奎上学，他娘尽管身单力薄还是坚持在村建筑队干活。建筑队的活没有一样轻省的，队长也不愿意要她。是大奎的娘厚着脸皮苦苦哀求，队长才勉强答应。为了保住饭碗，推水泥、拉沙子、爬墙上屋，大奎的娘样样干在头里。很多次，累得她想趴下。她咬着牙拼命地坚持着。工友们见了就劝："别硬撑了，这哪是女人干的活。"大奎的娘说："为了大奎，我必须撑下去。"建筑队收了工，男人回到家可以坐在那里休息，等待着媳妇端来茶水和饭菜。可大奎的娘随便吃上一口又得立马去地里干活；有时候饭都来不及吃上一口，带上个煎饼就赶紧往地里走去。

好不容易把大奎拉扯大了，大奎的娘却更愁了。和大奎一般大的孩子一个个都结了婚，只有大奎眼看三十了还进进出出的一个人。大奎的娘急得逢人便央求着给大奎介绍对象，可也只是光开花不结果。大奎的娘的叹气声常常从隔壁传到我们家里。

后来，在大奎娘坚持不懈地努力下，邻村一位媒婆终于给大奎介绍了个媳妇。虽说是个二婚，大奎也毫不犹豫地同意了。这下，村里的人都为大奎的娘松了一口气。尽管大奎的娘此时已经老了，老得走路都颤颤巍巍了。可儿子长大了，成家了，她也该享几天舒坦日子了。

没有想到的是，大奎的媳妇厌恶婆婆，一进门就吵吵闹闹，没过几年就和她分了家。分家时，村干部当面给他们立了字据，大奎要定期给他娘粮食。大奎害怕媳妇于是迟迟没有兑现，大奎的娘只能靠村里人的接济生活，可这也不是长久之计，她便天天找大奎要。大奎不给，娘俩便经常地吵吵。

在大奎看来，他娘活着纯粹是一个累赘，是一切痛苦的罪魁祸首。因为他娘，他和媳妇才经常闹矛盾；因为他娘，村里的人才不断地骂他不孝顺。所以，当他娘来要粮食时，他总是把怨气撒在娘身上，不停地骂骂咧咧。他娘说："都说养儿为防老，我现在老了，你怎么连粮食都不给？"大奎狠狠地说："没给你粮食，你不是也没饿死吗？"他娘说："你希望我饿死吗？我把你拉扯大容易吗？"大奎竟说了句恶毒的话："你要真死了我的日子就平静了，省得和媳妇吵架，让别人说这说那。你为什么不死？"听大奎这么说，我听不下去了。作为邻居，作为大哥，我必须过去说说他。于是，我穿上衣服走了过去。

大奎的娘看见我，老泪纵横地说："他大哥，我这是造的什么孽啊？"我安慰了她几句，对大奎说："别的什么也不说了，你儿子一天天长大，应该给孩子做个榜样吧。"这时，大奎的儿子听到我说的话，从外面进来说："是啊！我很快就会长大的。"

大奎没再说话，一屁股蹲在了地上。

小张的发财梦

小张打来电话的时候，我正在修改一篇稿子，这篇已经修改了三次，却还是不能让我满意，心里很是不爽。所以，接听小张的电话时，语气有些生硬。

小张说："你想买房子吗？"我说："想，做梦都想，可我不会做梦。"小张说："那就买吧，我今天刚看了一套房子，依山傍水，绝对不错。"我回了一句："没钱。"小张说："不贵，才八十来万儿。"小张的话让我不高兴，八十万就说八十万，拧着舌头说什么才八十来万儿。是显摆自己有钱还是笑话我没钱？想到这儿，我回了一句："八万也没有。"便扣掉了电话。

过了大约五分钟，小张又打来了电话。刚才直接扣掉电话，我也觉得很不礼貌，这次便心平气和了。听小张还是谈买房子的事，就说："谢谢你给我提供信息，我确实没那么多钱。"小张说："也没让你现在就买，我看的那套房子刚刚破土动工，等竣工后，直接买两套，住一套，租一套，咱也找找当房东的感觉。"小张的经济状况一直不如我好，上次见面他还是一脸的沮丧。今天如此说话，让我想到了另一层意思，就问："你是不是当售房先生了？"小张"嗤"了一声，说："售房先生能赚几个钱？我现在都千把万儿了。"

这年头什么奇事都有，男人能一夜之间变成女人，小张竟然也千把万了。我虽然天天写作，可从来不敢奢望千把万。小张又说："你的能力比我强，只要从事我这个行业，超过我的收入跟玩儿似的。"我听出了他的意思，就问："你做什么行业。"小张说："很简单，只要投资八千元，再介绍顾客来参与就可以了。"我说："不就是拉下线吗？说得那么委婉干吗？"小张说："你太落伍了。"我说："你再说往下怎么做？"小张说："让你介绍的顾客再介绍新的顾客。"我说："还是拉下线啊。"小张还想解释，我说，"我还是继续落伍吧。"就挂掉了电话。

过了没几天，小张又打来了电话，说是去中国香港参加精英培训班，要和我借三千块钱。我说："你都千把万了，还需要借钱？"小张说："我赚钱多，花销也大，这不刚刚从新马泰旅游回来。"我见过小张媳妇，说他一直在家，便笑着问：

"你是梦游新马泰吧?"

　　小张听出了我对他不信任,就说:"我至少有成为千万富翁的可能,你有吗?"我说:"有没有可能,我不敢说,至少我不会做你这样的发财梦。"

小张的"胃疼"

　　小张是我的朋友，经常来找我聊天。那天，他刚走进我家门就直喊胃疼。我说："胃疼还不赶紧去医院，到我这瞎晃悠什么？万一耽误治疗怎么办？"小张说："我已经胃疼一上午了。"我忙说："是不是没钱了，我这有，你先拿去看病。"看我拿出钱包，小张连忙摆手说："任何医生都治不了我的胃疼。"随后，他给我讲起了胃疼的原因。

　　原来，小张一看到比自己混得好的人就有胃疼的毛病。这次，他在来我家的路上，分别看到了一位衣着入时的美女，一位风韵犹存的富婆，以及一个大腹便便的老板，所以，他的胃便渐次疼痛起来。以至于走到我家时已经疼痛得受不了了。

　　和小张认识多年，他这个人我十分了解。他生活窘迫，但自尊心很强，常常因为别人生活得比他好而心生烦恼，可自己又不愿意付出艰苦的努力去拼搏。所以，他有如此胃疼的毛病就不奇怪了。

我给小张出了一个治疗胃疼的方子，就是减少出门的次数。可小张偏偏不听，不但照常出门，还特意到人多的地方。好像他想故意感受胃疼似的。那天，他非得拉我一起到广场上转转。我刚好写完一篇文章，想放松一下，便欣然同往。

刚走到广场，我们就看到一辆桑塔纳停在了路边的停车位里。这时，小张仅仅是皱了一下眉头。紧接着，车上走下一位青年女子。小张立即捂住了胃部。我问："是不是又胃疼了?"小张点了点头说："看看，人家一个小女子都开上车了，咱都不如一个女子了。"我笑了笑，继续和他向前走。小张的胃疼刚缓解了一下，路上又驶过来一辆别克，小张的胃疼顿时加剧了。

我看他在原地弯着腰，表情有些痛苦，便说："赶紧回家吧，万一再开来一辆宝马不更麻烦了!"小张不走，我又说，"与其在这里羡慕别人，还不如回家多写几篇文章。"小张说："你可以回去写文章，我怎么办?"我说："你就是去找一份出大力的工作，也比在这里忍受胃疼有前途。"

简单的幸福

　　破烂刘租住在我们小区附近的一间民房里。因为离得近，他便经常来我们小区里收破烂。小区里的人也和他熟悉起来。每次见面，大家便都热情地喊他破烂刘。

　　那天，我刚想处理一些废品，破烂刘就吆喝着进来了。工作虽然辛苦，破烂刘却始终乐呵呵的，完全一副不知愁苦为何物的样子。我把他招呼进储藏室，指着墙角的那堆废品，让他自己整理一下。破烂刘便蹲在那里将瓶瓶罐罐、塑料、报纸逐个分类起来。他做事很麻利，一边清点，一边还和我谈论着天气预报和时下新闻。我提醒他别光顾着说话，算错了账。他说："放心吧，我不会让你吃亏的。"我忙说："一些破烂，我不会在乎的，我是怕你吃亏。"他说："你也放心，我收破烂的原则是既不让自己吃亏，也不会沾光。"说完，他又笑呵呵地忙活上了。

破烂刘把物品整理好以后，我和他抬了出来。这时，我看到他的三轮车上坐着一个孩子，和他一样，笑呵呵的。我问："你怎么还带着孩子？"破烂刘说："没人照看，我只好带着儿子来收破烂了。"

原来，破烂刘的妻子因为受不了清贫的生活，和别人私奔了。现在，他和儿子相依为命。看着他们父子的样子，我心里很不是滋味。我也是从农村出来的，能感受到他们在城市里的艰辛。我转身从储藏室里抱出一摞过期的杂志递给了他。破烂刘刚要过秤，我说："这些都送给你了，看你们父子也不容易。"破烂刘坚持过称，然后说："我虽然清贫，可我不会接受任何的怜悯。"我赶紧说："不是怜悯，这些破烂对我来说无所谓的。"破烂刘说："不管怎么说，我不会白要的。我这也是给儿子做一个榜样。我虽然不能给他富足的生活，可我要让他知道人活着永远不能乞求怜悯。只要有了这种良好的心态，无论现在还是将来，我们都会快乐地生活。"随后，他付了钱，和儿子乐呵呵地走了。

晚上，我出去散步的时候，看到破烂刘父子正在路边吃羊肉串。刚好还剩下最后一串，父子俩在那里不停地让来让去。此时，街灯明亮如火。我敢肯定，他们是今晚最幸福的父子。

触动心灵的事情

  行走在这个世界上到处能听到钱的声音，钱也时时刻刻地刺激着当下人们最敏感的神经。自古就有"穷在大街无人问，富在高山有远亲""有钱能使鬼推磨"的说法，现在诸如什么"有钱就是大爷，没钱就是孙子""有钱没有办不到的事"等话语就更加频繁地钻进我们的耳孔。我们的生活中，任何事情似乎都能和钱联系起来。然而，我亲身经历的一件事情让我感受到和一些人是不能谈钱的。

  那天，我去泰山旅游，当我攀登在十八盘上的时候，一个外地游客突然从山上摔了下来。这时，周围的人都慌了神，叫喊声响成一片。面对山上这种突如其来的意外事故，大家都显得束手无策。有几个人掏出手机在忙着打110。可是，民警们即使用最快的速度赶过来也得需要一段时间。看那位游客的伤势已经十分危急，大家都开始着急起来。这毕竟是在陡峭的十八盘上，除了等待民警，谁也想不出更好的办法。那个游客的妈妈见没有人能帮得上忙，只能无奈地抱着儿子号啕大哭。

就在大家被这位妈妈的哭声揪得心疼的时候，有四位挑山工挑着货物走到了这里。他们见此情景，二话没说，赶紧卸下货物，将四根扁担绑成了一个简易的担架。他们抬起那位游客就向山下快速走去。在走到中天门的时候，他们和赶来的民警一起把游客送到了山下的医院。

在医院急诊室的门口等了很久，一位大夫才从里面走了出来。大家赶忙上去询问情况。大夫说："现在已经没事了，幸亏送来得及时，否则会有生命危险。"听大夫说完，那位游客的妈妈长舒了一口气。随后，她走到四位挑山工的面前说："多亏你们救了我儿子，你们要多少钱，说个数吧？"说完，她拿出了钱包。四个挑山工一听这话，脸色顿时拉了下来，他们谁都没有言语，相继看了那位游客的妈妈一眼，拿起扁担就走了出去。那位游客的妈妈不知如何是好，像做错了事情一样，怔在了那里。

这时，一位民警走过来说："你和这些淳朴的山民是不能提钱的。"那位游客的妈妈说："现在做什么不需要钱啊！再说了，他们救了我儿子，给钱也是应该的！"民警说："你还不了解这些山民，他们做挑山工挣钱虽然很辛苦，但是他们救你儿子的时候绝对没想到钱。"那位游客的妈妈感叹地说：

"没想到这古老的泰山脚下民风还是这么纯朴!"民警说:"是啊!这些挑山工天天生活在山上,这种事做得太多了!他们从来就没想过要得到什么回报。在他们的意识里这是每一个山里人都应该做的。所以,和他们提钱,对他们是一种伤害。"那位游客的妈妈恳求民警说:"有机会替我向他们道歉吧!是我的俗气玷污了他们纯洁的心灵。"

他们的对话触动了我的心灵,想着那些朴实的挑山工离去的情形,让我想到了另外一个事情。在山东一个女孩得了尿毒症,因为没钱,就刊登了一个启示,谁愿意给她捐肾,就嫁给他。启示刊登没过多久,一个五十多岁的男人提出给她捐肾。当时所有的人都认为他贪图女孩的美貌。可面对记者,这名男子平静地说,我都是一个有儿媳妇的人了,怎么会有那种想法?我就是想挽救一个年轻的生命。

我相信他说的是心里话,他和那几个挑山工一样,让我感受到了什么叫质朴。这也是一个人的生命中最美好的元素。这些元素向世界展示的是人性之美,生命之光。

别把自己当宠物

一个人有些不切实际的幻想是正常的，但有了这种幻想就渴望变成现实，并还为此跃跃欲试、浪费精力就不正常了。比如我这位叫老程的朋友就很不正常。

老程是我的文友，今年四十有六，身高不高，其貌不扬。虽然自幼喜欢文学，至今没有发表过一篇作品。我和我的文友们依然称他为作家。这样称呼主要是出于对他几十年来文学热情不减的一种尊敬。

老程打来电话，要请我吃饭，这让我颇为意外。老程是文友圈里出了名的一毛不拔的铁公鸡，以前总是跟着别人蹭饭吃，今天怎么突然想起请客了？不管什么原因，我放下电话后，立即赶到了指定的饭店。原以为还有其他文友，没想到就我们二人。看着饭菜很是丰盛，我说："再约几个文友吧，就咱俩实在太浪费了。"老程神秘地说："其他人以后再请，今天我请你是有重要的事情。"

酒过三巡，菜过五味，老程醉眼蒙眬地说："以后我想专心致志地写长篇小说，我对自己的创作实力很有信心。"我表示完祝贺之后，疑惑地问："就为这事没必要这么破费吧?"老程嘿嘿一笑，说："为了在写作期间衣食无忧，我想找个有钱的女人包养，我从网上看到个别作家就是让有钱女人包养从事写作的。你是大型人物网站的主编，肯定认识很多有钱女人，所以一定要帮我这个忙。"

怪不得老程如此破费，原来打的是这种算盘。我的确认识很多富婆，可人家都正儿八经地过日子，对这种事根本就是排斥的。再说了，听说过有包养帅哥的，还没听说谁愿意包养"半截老头子"的。没想到老程都这个年龄了，还会有这样的幻想。我深感没有能力帮老程，又不能白吃人家的饭，就借着去厕所，偷偷地结了账，离开了饭店。

从饭店里出来，我想到了邻居家的那只丑猫。这只猫虽然在邻居家生活了多年，可厌倦了他家里的清贫生活，就常常跑到比较富裕的小张家里偷食吃。后来，竟然赖到小张家里不走了。小张发现了这只丑猫的意图，便把它轰了出来。刚好让前来找猫的邻居看见，邻居生气地指着丑猫说："长成这样了，还把自己当宠物？你以为你是谁？"

回到家，我给老程打了个电话，一是为偷偷离开表示道歉；二是告诉他不要把自己当宠物，还是面对实际，找准适合自己的生活方式。

相互温暖

　　冬季不但来了，来势还异常迅猛，由于天气寒冷的缘故，我已较少出门。每天的主要工作就是端坐在电脑前写一些零零散散的文字。

　　虽然家里的暖气很热，可季节却以另外的方式向我告知了寒冷的程度。这主要来自小区门口那些卖白菜的农民。写作的间隙，我喜欢站在窗前看楼外的人群，那几辆满载着大白菜的机动三轮便占据了我的视线。那几个卖白菜的穿着黄大衣，竖着衣领，只有顾客光临时，他们才露出笑容。大多数时间他们都在不断地往手里哈着热气，脸上满是沧桑、无奈和焦灼。

　　这个季节，小区门口年年都有来这里卖白菜的，起初他们也没有过多地引起我注意。直到最近几天，小区里的居民突然都在大量地购买白菜，我才被这个以往从没有出现过的生活现象所吸引。说是吸引，更多的是不解，天天有卖白菜的，人们为什么还投入这么高的购买热情？

一天早上，我正在电脑前忙着赶一篇稿子的时候，就听妈妈在楼下喊："赶快出来帮我往家里搬白菜。"我正投入地构思一篇小说的情节，妈妈的喊声让我非常不快，便来到阳台上往下看了看。这一看，让我更加不高兴了，老太太足足买了有几百斤白菜，老太太这是怎么了？竟然一下子买这么多白菜？我一向不喜欢随大流，真想不明白妈妈为什么也加入购买白菜的大军。妈妈看我还站在阳台上，便又喊："还站在那里看啥？快下来搬白菜。"我极不情愿地走了出去。

下了楼，看着那一大堆白菜，我埋怨起来："天天有卖白菜的，一下子买这么多，有这个必要吗？"妈妈说："这是爱心白菜，咱不但要买，等会儿我还得让你姐也来多买一些。"听妈妈说完，我忙劝阻："我姐工作很忙，这事你就别替她操心了。"这时小区里又有人陆陆续续地往家里搬白菜，我忽然想起连续几天来的现象，便问妈妈："他们都是买的爱心白菜？为啥叫爱心白菜？"妈妈说："这都是小区里的居民自发买的。今年天气好，白菜大丰收，可受金融危机的影响，这些卖白菜的农民一天也卖不了多少。这么冷的天气，他们都在这里住好几天了，个个心急如焚……"我打断妈妈的话，又问："那他们住在哪里呢？"妈妈说："晚上，他们就在三轮车下打地铺，他们穿黄大衣就是为了白天当衣，晚上当被。"我看了他们一眼，叹了口气说："这么冷的天，可真是不容易！"妈妈说："所以，几天来，小区里的人就自发行动起来纷纷献爱心，每家尽可能地多买点白菜。帮这些农民解决一些困难。"我一听乐了。原来这白菜还买得很有意义。便一边往储藏室里搬运，一边说："行，一会儿我再给几个同事打电话，让他们也来买一些。"妈妈开心地笑了。

有了大家伙的热情购买，那几大车白菜很快就销售一空了。那几个卖白菜的农民临走时，都用感恩的眼神看着小区里的居民，脸上灿烂地笑着。

过了几天，我正要出门的时候，看着那几个农民又拉来了一大车白菜，便走上前去说："大家伙都喜欢买这爱心白菜，这一车也不愁卖的。"谁知，其中的一人说："这车白菜我们不是卖的，前几天你们都给我们献了爱心，现在我们也要献献爱心。我们已经和居委会的领导联系好了，这车白菜就是送给那些贫困居民的。"

听完他的话，尽管寒风依旧呼呼地刮着，我深深感到，这个冬季大家会因为爱心白菜而被相互温暖着。

找回曾经的笑容

那天，我在咖啡馆里见到了以前的同事小夏，几年不见，他竟然给我一种老夏的感觉。想想我俩是同岁的，又是一起辞职的，现在他却是一副老气横秋的样子。小夏分明是看到我了，却没有像以前那样热情地打招呼，而是把脸扭向了窗外。我有些不解，这不是小夏的作风啊，在单位时，他的热情是出了名的，见到谁都老远地打招呼。现在，他明显是有意躲避我。

但我还是走了过去，都是老同事，见面怎好不打招呼。小夏见我过去了，只好站起身来，强装出一副笑脸和我互相问候。我直言不讳地说："你这是怎么了？这不是你的风格啊？"小夏苦笑了一下，让我坐在了他的对面。

我和小夏静静地喝了一会儿咖啡，他给我讲起了他的事情。在单位时，妻子一直埋怨他是个普通工人。后来，小夏通过努力当上了科长。可没过多长时间，妻子还是埋怨他没有本事，很多工人都买了房子，可他一个科长还租房子住。看着一些人下海赚了钱，妻子也鼓动他辞了职。现在，尽管他的生意还说得过去，在城里也有了自己的房子，可周围的朋友都有了私家车，妻子仍旧觉得和人家没法比，又天天埋怨他。小夏喝了一口咖啡，继续说："我和妻子到一个朋友家里串门，他现在的资产已经百万了，而且刚刚买了一辆好车。妻子回家后，就和我吵了起来，说我是咱单位最没有本事的人。所以，我现在心情糟糕透了，就怕见到老朋友。看你们一个个都潇洒地活着，我的压力一天比一天大。"说完，小夏沮丧地叹了口气。

看着小夏的样子，我理解他的心情，但不赞成他的做法。我说，你这纯粹是自寻烦恼。你要好好地和妻子沟通。不要总是和别人攀比。你和百万富翁攀比，可上面还有若干个千万富翁、亿万富翁呢，人和人的创业环境和机遇是不一样的。你能做到每天都在进步就已经很不错了。你再想想，你从农村的一个贫穷家庭走出来，在城里有了房子，有了事业，已经说明你的能力了。为什么还要自己寻找不愉快呢？你想想，我们以前在单位时，生活不如现在，但很快乐，现在生活好了，更要找回曾经的笑容，做一个快乐的人！

听我说完，小夏的脸上又有了原来的笑容。他说："对，我要找回曾经的笑容！"

我和大腕有关系

　　在一个无所事事的下午，我突然接到了一个同学的电话。已经多年没有这位同学的消息了，接到他的电话，我颇感意外。这位同学在电话里一副春风得意的样子，说他目前在北京演艺圈里已经站稳了脚跟，并且成了一位"腕级"人物，绝对不差钱，随时欢迎我去北京做客。他还一连串报了好几家星级酒店的名字，说保证让我吃好、喝好、玩好，想到哪家消费就到哪家消费。听口气好像他是北京市长一样。

　　这位同学给我的印象是有些表演天赋，就是说话行事不靠谱。毕竟是多年不见面的同学，再加之我正闲得无聊，便和他在电话里侃了起来。随后，他便如数家珍地给我讲起了很多明星的秘闻，比如谁和谁拍拖了，谁家的宠物猪怀孕了等。本来一些不足道的事情，让他说得神神秘秘，颇具传奇色彩。为了强调他所说的真实性，他还重点介绍了他和这些明星的特殊关系。好像那些明星的秘闻，他都参与了似的。他说话的口气还和以前一样，听他神侃的同时，我就想到了一些和他有关的往事。

上学的时候，他的确算是个"明星"。因为擅长表演老太太，常常把大家逗得捧腹大笑，所以，每次搞晚会他都是不可或缺的。他整天挂在嘴边的就是要成为演艺界的大腕。但他不愿在表演上下功夫，却热衷于拜访一些名流。至于拜访过哪些名流，我们无从得知，他也不说，整日神神秘秘的。这倒让我们对他很是敬畏。

毕业后不久，他就通知同学们说他买了一个独院，要我们前去祝贺。能在这么短的时间内买上房子，的确不简单。大家都觉得他是个很有能耐的人，便准备了丰厚的礼物前去祝贺。我们去的时候，他刚好把一个乡下老人打发出去。随后，他对我们说："看看，老家的人天天有来求我办事的，真是没办法。"我们看他住的是偏房，就问："自己的房子怎么还住偏房。"他说："我把正房租出去了，市场经济嘛。"当时，大家都没怀疑，还佩服他有经济头脑。后来才知道那个房子是他租的。在他结婚的时候，我们又见到了那个乡下老人，原来是他爹。当他的这些事情成为笑谈的时候，他也和我们失去了联系。要不是他打来电话，还真以为他失踪了。

听他在电话里侃了半天，我说："你突然打来电话，不仅仅是闲谈吧?"他说:"那当然,听说你到文联工作了,你们举办文化活动可以邀请我,虽然我的出场费比较高,可咱们老同学是可以商量的。"我就知道他是有目的,就说:"你光说有名气,我们怎么不知道?也没在电视上看过你的作品。"他不慌不忙地说:"你不在京城,不了解我的名气。但我老师你知道是谁吗?"我知道他又在瞎编,故意问:"谁啊?"他神气地说:"本山啊!"

小 D 是作家

    小 D 是我的同学兼文友，在学校时，我俩一起组织过文学社。听朋友们说，他现在到处声称自己是作家，这让我很是吃惊。前段时间还没有这个迹象，怎么一下子成作家了？我觉得很有必要去拜访一下。

    当我走进小 D 租住的小屋时，他正对着一面镜子呼喊："文学是神圣的。"我本以为他见到我会为刚才的话感到害羞，没想到，他又对着我喊了一句："文学是神圣的。"我笑着说："作家感冒了，也是需要吃药的。"小 D 有些不快："你什么意思？说我有病？"我连忙说："在作家面前，我岂敢乱说。"小 D 仍旧不快地说："我知道你来挖苦我了，可作为一个作家，就要捍卫文学的神圣。"

    我看了一眼他屋内简陋的设施，桌子上还有半碗方便面，极有可能是留着晚上吃的，就调侃说："你这是在饿着肚子当作家吧？"小 D 不屑地看了我一眼："文学已经很边缘了，现在就需要一批为了文学而献身的人。"紧接着，他又吼着说，"我就要以实际行动为文学鼓与呼，你现在已经不是一个纯粹的文人了。"看他的架势，我感觉他更像一位极端的传销分子。我不解地问："饿着肚子写作，就是纯粹的文人了？生活得越穷，就对文学的感情越深了？"也许小 D 不屑于回答我的问题，转而说："我不会只自私地考虑自己的生活，我现在做的就是指导别人如何生活，让别人通过我的作品接受我的思想。"

小 D 已经走火入魔了，作为同学兼文友，我直言不讳地说："你自己都生活得一塌糊涂，怎么能够指导别人？人家又怎么会接受呢？"也许是我伤了小 D 的自尊，他摆出一副燕雀安知鸿鹄之志的姿态，拒绝和我谈论下去。

从小 D 那里出来，我突发了一些感慨：对于小 D 这种心态的人来说，不是把作家当成殉道者，就是把作家视为了救世主。有这种心态，爱上文学真是一种不幸，自视为作家更是一种悲哀。与其这样饿着肚子漂在城里呐喊，还不如回农村种地，或者做一名壮工来得实惠。

店内也有假货

江猛把一支吸了半截的烟头使劲摔在地上，一只脚像踩臭虫一样在上面拧了几圈，狠狠地说："我去找祥子算账。这臭小子太不是东西。"

老婆兰兰赶紧阻拦："你找祥子干啥？没理的事怎么好找人家？"

江猛瞪了老婆一眼，"我从来就没讲过理。要讲理，我的日化店早关门了。"

"店经营不好，能怨人家？"

"就怨他，凭什么都是搞经营，咱还干得早，反而顾客都往他那儿跑。"

"那得从自身找原因。"

江猛抬手就抽了老婆一巴掌："拿着胳膊向外拐，你和谁是一家子?"

兰兰捂着脸,眼里溢满了泪水:"有能耐用在经营店铺上,打老婆算什么本事?"江猛又扬起了手,还没等抽过来,兰兰转身走进了里屋。江猛踹倒了一个凳子,骂了声娘,走了出去。

正是中了同行是冤家的话,江猛对祥子有意见也由此而起。本来这条街上只有他一家日化店,结果祥子也开了一家。近段时间,江猛的一些老顾客都往祥子的店里跑。江猛是这条街上有名的一霸,所以,他一定要找祥子算账。

江猛走到街中心的时候,早有人给祥子送了信儿。祥子的媳妇芳芳赶紧说:"祥子快走,我一个女人他不敢怎么样。"

祥子没动:"怕他我还是男人?"

芳芳又用力推他:"咱没必要和这样的人生气。"

祥子像粘在地上一样,对芳芳不耐烦地说:"江猛的脾气你又不是不知道,咱只要比他生意好他就急眼。他找咱麻烦是早晚的事儿。"

"怎么办?江猛能打你俩!"

"现在是法制社会,力气大有啥用。"

话虽然是这么说的,但是芳芳还是担起心来。

芳芳始终觉得祥子不该在店门口挂那个"店内也有假货"的牌子。就是这块牌子让江猛嗅到了竞争的火药味儿。特别是自江猛店里传出售假货的消息后,这个牌子更让江猛觉得是冲着他来的。

自从祥子挂出"店内也有假货"的牌子后，更引起了人们的注意，便都询问："人家假货都暗着卖，你怎么明着就卖上了？"祥子这才说出挂牌子的真正用意："我的假货不是卖的，是为了让你们有个比较，好辨别真伪，省得再买假货。"这样一来，人们都冲祥子竖大拇指，纷纷夸他实在，一致认为上他这儿来买东西放心。信誉出去了，生意想不火都不行。江猛听说了以后，肺都气炸了。这该死的祥子是活得不耐烦了！

祥子正在店里拾掇商品的时候，一支正燃着的烟头从门外飞到脚下，他顺着丢烟头的方向望去，江猛正歪着头站在门外。身后已经围了不少人。有的给他挤眼，意思是让他快走，别招惹江猛。芳芳也在一旁拽他的胳膊。

祥子没动，笑了笑说："江经理来了，怎么不屋里坐？"

江猛指着他说："你出来，我有话说。"

"有话不能进屋来说？"

"别废话，叫你出来，你就出来。"

祥子微笑着从店里走了出来，说："那我只好出来了，有事请说吧。"听祥子的声音，再看他的表情，江猛觉得他并没有感到害怕，心里很窝火，真想一个箭步冲过去臭揍他一顿。但是，江猛明白打架得找个理由，这里这么多人得让他们觉得祥子该被揍才行。

于是，江猛便指着"店内也有假货"的牌子说："祥子，你敢明目张胆地卖假货，是不是该揍？"

祥子说："我要卖假货的话应该对你有利，你怎么反而有意见了？"

"少装蒜，谁不知道你挂这个牌子是冲着我来的。"

"你我各卖各的，我怎么能冲着你来呢？"

"你卖假货，价格便宜，肯定对我影响！"

祥子轻轻一笑，说："你肯定误会了，我是从来不卖假货的。"

"你不卖假货，挂这块牌子是吃饱了撑的？"

祥子有点不高兴地说："你看清楚了，我写的是店内有假货，而不是售假货。"

江猛步步紧逼："有假货不卖？少装仁义。"

"谁规定有假货就非得卖了？"

"无商不奸，有假货不卖，除非你脑子有毛病。"这时，人群中传出一句话："祥子的假货是用来和真货做比较的。"江猛回头骂了一句："谁瞎掺和，做比较？现在假货都和真的一样，怎么能比较出来？"

祥子说："假的就是假的，真的就是真的。这很好比较。来我店的顾客都比较过。至于我卖什么货，顾客心里清楚。"

"那你是说我在卖假货了。我看你是找揍。"江猛亮出了拳头。

"你卖不卖假货，我又不知道。我怎么会说你？我说的只是一个商业准则。谁不遵循这个准则，就会被顾客淘汰。"

"我的拳头就是准则。"江猛急了，说了半天，祥子不但毫发无损，还更好地宣传了自己。他决定不管三七二十一先揍扁他再说。

就在江猛挥着拳要上的时候，兰兰拨开人群在后面慌张地喊上了："江猛，赶快回去，工商所的人来封店了。"江猛的拳头像触了电一样，缩了回来，但他还是瞪着老婆说，"别瞎说，谁敢封咱的店？"

"你回去就知道了，工商所的人正在查货呢。"江猛听完掉头就往回走。兰兰跟在江猛后面，冲祥子和人群歉意地笑了笑。

人群里又有人喊："江猛，欺负老百姓不算本事，拳头比法硬才算本事。"江猛像没听见一样，头也不回地走了。

收　藏

　　对门高大爷退休后喜欢上了收藏古物。虽然他对于鉴赏没有多少研究，可收藏的兴致颇高。高大爷曾指着他那一屋子的瓶瓶罐罐对我说，这是他晚年的全部生活，也是唯一的精神寄托。看到高大爷看那些古物的眼神就像孩童看到心爱玩具的眼神一样，兴奋得两眼发光，我为高大爷幸福的晚年生活由衷地感到高兴。

　　也有人不断地提醒高大爷，你又不精通鉴定，可别搭上时间、搭上钱财弄些假货回来。高大爷对此却表现得胸有成竹，这个问题我早就考虑过了，对此我也有自己的经验。城里的文化市场是很少有真东西的，我也从来不去。我去的全是偏远的农村，收的都是人家祖上传下来的古物，所以，不会有假。如果有人仍旧表示质疑，高大爷就拉我过去说："小王是读书人，我的藏品他都看过，他可以证明。"我虽然对鉴赏一窍不通，可高大爷这样说了，便只好点头称是。这时，高大爷更是显得底气十足，脸上泛着孩童般的红晕。

因为我喜欢读书，高大爷便认定我懂一些鉴赏知识。每次收回古物来都满怀兴奋地把我拉到他家，让我一起欣赏。为了不扫高大爷的兴致，我只好去认认真真地听他讲解一番，然后一如既往地点头称是，权当分享他的快乐。

在收藏方面，高大爷真的是付出了很大的心血。他经常骑着自行车跑上百里的路，并且是翻山越岭地到一些偏远的山村。按照他的理论，跑得越远，越能收到好东西。他有时还一连几天住在外面。我曾担心他的身体吃不消，劝他多注意身体。他便不无炫耀地说，别看你正值壮年，我的身体一点也不亚于你。自从我迷上了收藏，我家连个药片都没有，不像你，每次流感都落不下。说完，他还特意来了几个弹跳动作。这一点我必须承认，高大爷的身体的确越来越健壮了。

高大爷每次从外面收古物回来，都是人未上楼梯，声音先传了上来。我在家里就知道高大爷这次肯定收获不小。随后，高大爷边上楼边兴奋地喊："小王，快来看看，我又收到好东西了。"我赶紧走出门来，看到高大爷已经把一个青釉瓷瓶从包里掏了出来。我刚想去接，高大爷把钥匙递过来说，帮我打开门，到家里再看，这可是好东西啊！

进屋后，高大爷顾不上喝口水，便找来一块绒布把青釉瓷瓶小心翼翼地擦拭了一遍，才递给了我。看着高大爷兴奋的表情，我装模作样地把玩了一会儿，又用手指弹了一下，发出了很清脆的声响。高大爷说："感觉怎么样?"我说："是好东西。"高大爷接过去托在手里说："那当然了，是宋代官窑的东西。为了它，我在那户人家住了两天，又出了相当高的价钱，人家才勉强卖给我。"顿了顿，又感叹着说，搞了这么多年收藏，这是我最欣赏的好东西。我说："那可得好好藏着。"高大爷眼眉一挑："那当然了，我要把它作为传家宝一代代地传下去。"

自从有了这个青釉瓷瓶，高大爷的心情更加阳光起来，天天听他在家里哼《沙家浜》。小区里的老人见了他都羡慕地说："我们的身体一天不如一天，你却越活越年轻。"高大爷嘻嘻哈哈地说完他的藏品，又唱起来……

高大爷的儿子听说他收到了好东西。就找来在省里做文物鉴定的同学帮着鉴定一下。谁知，他的同学拿起青釉瓷瓶反复看了看，却摇着头说："这是赝品。"

高大爷顿时感到心慌，连忙再让他看其他的藏品。那位同学最后下了结论，高大爷的藏品绝大多数是赝品。高大爷听完，便直接栽倒在地了。

烟花，只在心底绽放

常柱像他的名字一样长住在大山上。

在这个海拔两千多米大山上的消防支队里，常柱任指导员。他平时除了带兵训练就是执行任务，一年中难得有时间下山。尽管山下有座美丽的城市，尽管城中有她美丽的妻子，他也只能把思念埋在心底。有时思念得深了，他就踏着夜色到山顶的天街上，俯瞰山下的万家灯火。当然，他的目光更多的是凝视在家的方向。尽管他无法分辨哪一束灯光里有妻子的身影，只要是那个方向的灯光都温暖着他的眼睛，照亮了他的心房。

常柱的妻子自从嫁给了常柱，就喜欢上了星星。她知道在与星星般高的大山上，最明亮的是丈夫的眼睛。尽管她和常柱的爱情里少了花前月下的甜言蜜语，少了情人节里柔情蜜意的呢喃，但在阳台上遥望星星是她心中最美好的幸福。

常柱常愧疚地说："我没有什么礼物送给你。"妻子说："我啥也不要，就要大山上空的星星。"常柱说："好，我就摘一颗星星给你，让我们彼此相望，托星传情。"妻子幸福地笑了。她又说，"今年的元宵节，我会在山下为你燃放烟花，让美丽的烟花尽情地为爱情绽放。"

于是，常柱的心里多了一桩心事，他期盼着元宵节早一天到来。

元宵节的那天，妻子打来电话，说她买了好多烟花，要在晚上八点开始燃放，让常柱一定别忘了观看。吃过晚饭，常柱带着战友早早地来到天街上。他指着山下家的方向对战友们说："等烟花燃放的时间到了，你们就会看见你嫂子燃放的烟花一定最高、最大、最美丽。"战友们看着常柱眼里闪烁的光芒，都热血涌动、激情澎湃，纷纷说："是，嫂子燃放的烟花一定最高、最大、最美丽。"说完，大家都把目光聚集在山下的城市，没有了言语，静静地期待着。

燃放烟花的时间到了，可千家万户的烟花爆竹都在这个时间燃放起来，城市的上空立即沸腾了。所有的烟花竞相绽放，山下成了一个火树银花的世界。

此时，常柱根本无法看清楚哪些烟花是妻子燃放的。他和战友们只能望着五彩缤纷的夜空猜测着、遐想着……尽管如此，常柱的心醉了。他知道妻子此时最大的愿望就是让他看到她为爱情燃放的烟花，妻子的心也一定醉了。常柱虽然没有辨认出妻子燃放的烟花，为了让妻子高兴，他还是拨通了妻子的手机，兴奋地说："我和战友们在山上看到你燃放的烟花了，真的是最高、最大、最美丽的。"妻子在电话里柔情地说："你们好好地欣赏吧，祝你们元宵节快乐。"

元宵节的烟花一直在常柱的心里绽放着，对妻子的思念也日益加深。等到休假的那天，常柱飞一般地回到了家中。谁知，他竟在阳台上看到了一大捆没有燃放的烟花，眼睛里顿时充满了疑惑。妻子看着他说，元宵节晚上，女儿突发感冒，她一直在医院陪女儿输液，没有燃放烟花。怕他挂念，才撒了一个谎。

常柱的眼泪决堤了，他看着那一大捆烟花说，虽然没有燃放，但它们在我心里永远是绽放得最大、最高、最美丽的。说完，他把妻子紧紧地拥在了怀里。

让阳光成为你的名片

　　大 A 和女朋友分手了，因为是他俩共同的朋友，他俩都分别给我打了电话。他俩的意思大致差不多，都在细数对方的不是，说到激动的地方甚至是毫不克制地用语言诅咒对方。作为双方共同的朋友，我只是倾听，不会帮着任何一方说话。

　　即使不是双方共同的朋友，我也不会帮任何一方说话。做不成夫妻就做仇人是大可不必的事情，也是得不偿失的事情。想想曾经的美好，平静的分手是最理想的分手方式。

　　我这样对大 A 说的时候，大 A 摇着头说："我和她曾经有过美好吗？"我说："如果没有美好，你们又怎么会走到一起呢。我帮你回忆一下吧。"

　　大 A 曾经写过一篇和女朋友去外地旅游的文章，这篇文章是我给他刊发的，至今还记着呢。他这样写道：

在那个大山深处的丛林之中，我把蓄积在体内的全部力量释放出来，和心爱的人融合在了一起。心爱的人闭了眼睛，我知道她肯定是在全身心地感受着爱的力量。我深深地吻着她的额头。此时，我想不起用什么样的语言表达对她的爱，也没有什么语言能够准确地描述这真切的感受，我只有倾注全部精力，用尽所有力量，紧紧地抱着她，深深地吻着她。

如果不是真真切切地爱过，谁也无法体会到怀抱心上人的真实感受；如果不是全身心的投入拥抱，谁也无法爆发出怀抱心上人的巨大力量。此时此刻，我和她忘记了丛林、忘记了大山、忘记了世界。天地之间只有爱情，只有我和心爱的人。鸟儿在为我们的爱情歌唱，花儿在为我们的爱情绽放，树枝在为我们的爱情起舞，绿波在为我们的爱情荡漾。

我和心爱的人虽然没有话语，却不是沉默，两颗心呼喊着、跳跃着，我们通过自己的方式爆发出最强烈的声音，震撼着彼此的灵魂。我们两个爱的灵魂呼吸着、飞升着，通过爱的时空一刻不停地在进行着心灵的对话。

过了好久，好久，两个爱的灵魂才从灵的世界回到大地、回到大山、回到丛林之中的清幽之地。我看到她的睫毛上挂着泪珠，就像晨露一样晶莹。我知道那不是晨露，那是窖藏已久的琼浆玉液。我怎么舍得让它们滑落、消失。我低下头，轻轻地把它们一一吮净。心爱的人睁开眼睛看了看我。我轻拂她的秀发说："让我珍藏你的泪珠吧！以后回味起它们的味道，我一定会被这爱的汁液陶醉。"

我对大A说："你在这篇文章里一口一个心爱的女人，这不就是美好的回忆吗？"大A说："可我现在早就没有感觉了。"我说："那你是被对方的缺点，或者是你认为的缺点堵塞了思维。其实没有必要。做不成夫妻说明夫妻的缘分到了尽头，但还可以继续朋友的缘分。因为你们曾经有过共同的美好，你们在继续朋友的缘分的时候，可以成为很好的朋友。"大A问："那我该怎么做呢？"我说："很简单，多想想曾经的美好。和她继续成为朋友。"

一个人如果总是生活在仇恨里，不仅得不到快乐，不仅不利于身心健康，还会堵塞自己的道路，是百害而无一利的事情。当有仇恨滋生的时候，多想想曾经的美好，心房里就会有阳光涌入。

人生苦短，快乐是真。用曾经的美好清理心中的淤泥，阳光便会成为你的名片。

老方买房

　　上个礼拜，老方参加了一次同学聚会。他原本不想参加，自己来城里这么多年一直没有混出个人样来，他羞于见到那些老同学。可毕竟十几年没见面了，他的确很想知道同学们现在的情况。最终，还是去了。

　　但一见同学们的面，老方后悔了，这次是真的不该来。看着同学们一个个提干的提干、买车的买车，而自己连最基本的房子还没买上，一种强烈的自卑感笼罩着他。

　　老方缩在一个角落里，有老同学过来打招呼时他应付几句，其余时间始终沉默不语。当然，他也插不上话，同学们张口闭口都谈论着股市、房市、车市，这些都在老方的生活之外。他每天只关心一日三餐吃些什么，怎么吃才能够省钱而且保证有营养。自己那点收入勉强维持生计就不错了，哪有心思考虑什么股市、房市、车市。这次同学聚会让老方感到脸上无光。

自从同学聚会以后，老方的心里就像堵了块石头。看来不买房子是不行了，这事关自己的脸面问题。同样是人，无论如何也要在同学面前抬起头来。再说了，不买上房子就无法在城里扎下根，就始终像浮萍一样漂在城里。从农村来到城里十几年了，老方始终就这么漂着。现在，老方不想漂了，也不能漂了，孩子一天天地长大，孩子也是有虚荣心的。老方不想因为没有房子让孩子在同学面前也抬不起头来。所以，他决定买房。

老方开始关注房市，尽管他主要关注偏远低廉的楼盘。但还是像模像样地咨询了很多售房中心。看着售房小姐灿烂的笑容，听着她们热情的讲解，老方第一次感受到买房的乐趣。原来他也可以受到热情接待，他也可以冲着那些楼盘模型指指画画、问东问西。尽管是在虚张声势，可这毕竟是真的打算买房了。

看了一圈儿，老方选定了城边上的一套六楼。他对外宣称是喜欢城边的肃静，喜欢六楼那种站得高看得远的感觉。实际上，老方最满意是这套房子首付六万和月还千元的按揭贷款。

虽然首付的钱全是借的，但老方还是异常激动。他站在自己的房子里，打开窗户，对着城市说，我再也不漂在城里了。

买房的幸福感很快就从老方的脸上消失了，接下来他不得不考虑以后的还款问题。他和老婆商定，老婆的工资作为生活费用，他的工资还房款。刚开始的几个月里，手里有些积蓄，日子还算平稳。可接下来每月定期去还房款的时候，老方才感觉到买下这套房子就如同给自己套上了枷锁。以后的日子里，他注定要为这套房子去努力工作。

老方是一家公交广告公司的业务员，其工资收入主要来自业务提成。虽说联系到一个公交车体广告能赚一两千块钱，但由于竞争激烈，业务也越来越难做。为了能够按时还上房款，他开始从早到晚地在外面忙碌着。老方是一个脸皮很薄的人，以前如果遇到不爽快的客户，他便选择放弃，不再坚持。现在不行了，每月的房贷压在头上，即使客户满脸的不高兴，他也只能厚着脸皮跟人家死磨硬缠。并且他每天都在加大客户拜访量，常常把自己弄得疲惫不堪，可尽管这样，他也很难保证有固定的收入。老方从没有像今天这样生活得如此累。

先前在城市虽然是漂着的，可生活也是轻松的，这是老方在买完房后突然发现的。现在，一天到晚想着如何还款，老方回到家里时的脸色总是阴着的。老婆不再喊他老方，而是喊他老驴，说他整天就知道拉着驴脸回家。在还款方面，老婆有些不理解老方。尽管老方不断地解释是因为还款的压力太大了才导致心情不好。可老婆就一句话，"还是你没本事，同样跑业务，别人怎么就行"。这的确是句很伤自尊的话，特别是老方想到在外面所付出的劳动时，就禁不住一声长叹。可老婆更听不得他叹气，又嘟囔说："唉声叹气还是男人？有本事就挣钱来。"老方无语，是啊！挣钱才是男人。

有时候越想赚钱就越难赚到钱，老方这个月把吃饭的时间都用在联系客户上了，可还是没谈成一个。眼看着还款日期又到了，借给他首付款的人也找上门来催要，老方感到自己一下子垮了下来。本想买了房后不会再漂在城里，谁知，现在他感觉就像灌了铅一样，异常沉重，真的是不堪重负了。

老方站在窗前，对着这座城市沉思了很久。他在心里说，既然我是漂在这座城市的，我还是飘下去吧！说完，他打开窗子，从六楼上飘了下去。

苦　婆

　　苦婆因为生活得很苦，村里的人便都喊她苦婆。

　　苦婆嫁了个嗜酒如命的丈夫，一直生活在家庭暴力下。丈夫一喝了酒就打骂苦婆，随便得像对待家禽。苦婆身上的伤疤从来没有好的时候，总是旧伤没好，新伤又来。这不，苦婆的儿子终于忍受不了这种无节制的家庭暴力，离家出走了。

　　苦婆的儿子是在一个深夜从家里跳墙走的。当时，苦婆以为儿子第二天等他父亲不喝酒了就会回来的。可一连几天过去了，儿子音信皆无。苦婆想起儿子出走时的那个漆黑的夜晚，心就一下子提了起来。最后，她决定出去找儿子，无论如何也要把儿子找回来。

　　在一个清早，苦婆背上一包袱煎饼和几个咸菜疙瘩上路了。她先去了有儿子同学或朋友的那几个村子，但儿子根本就没去过。这时，苦婆意识到儿子可能是走远了。她的心揪得更紧了。

一路上，苦婆逢人便问，见村子就进去打听。看到井，或者沟，她总是看个彻底才肯离去。可即使这样，她还是无法得到儿子的一点儿消息。随着她走的路程越来越远，她的心也渐渐地像淌血一样疼。苦婆顾不上苦累疼痛，继续一路前行。就在苦婆走到一个荒野上的时候，天黑了下来。看着空旷的四周，苦婆有些害怕。可此时，寻找儿子的强烈愿望支撑着她没有停下脚步，依然继续向前走。

苦婆走了一夜，等到天明的时候，劳累加上饥饿使她的双腿就像灌了铅一样沉重。后来，她实在撑不住了，就蹲在了路边的一块石头上，稍微一休息，肚子也开始咕咕地叫了起来。光顾着找儿子了，她已经一天一夜没吃东西。带的煎饼被抢走了，苦婆饿得难受，便忍不住走到路旁的地里扒了几个地瓜，吃了起来。过了一会儿，苦婆正吃着，看到前面走过来一个衣着入时的女人，她赶紧把手里的地瓜扔在地里。

女人走过来对她说："大姐，这么早，蹲在这里干吗？"苦婆怕女人提吃地瓜的事，赶紧把出来找儿子的事情说给她听。

女人听后，很同情地说："大姐，你真是不容易，为了儿子看把你折腾的。"苦婆苦笑了一下，说："我吃点苦无所谓，找到儿子就行啊！"女人接着说："大姐，要说咱俩有缘，我这人也是热心肠，你儿子的事兴许我能帮上忙。我就是前面那个村里的，我人缘好，说句话就能让全村里的人都帮你找。"苦婆一听，心里高兴了，忙说："那可太好了，为了找儿子快把我急死了。"女人拍了拍苦婆的肩膀，说："都是做母亲的，我知道你心里的滋味。这忙我帮定了，走，先到我家去。"苦婆不愿意麻烦女人，可为了儿子她也不能顾及太多了，便跟着女人进了村子。

女人把苦婆领进了家里，便安排一个男人给她熬姜汤。苦婆忙说："不用，找儿子要紧。"女人说："不耽误事，我先出去召集一下人，我回来你就喝完了，现在天凉，你要驱驱寒气。"女人边说边走了出去。苦婆只好坐在家里等。那男人很快就做好了姜汤，给她端了过来。谁知，苦婆喝完姜汤竟晕了过去。

苦婆醒来的时候，发现自己躺在床上，旁边躺着给她熬姜汤的男人。她明白自己被那个女人骗了，男人肯定在姜汤里放了安眠药。此时，苦婆想起了儿子，她顾不上心灵的伤痛，悄悄地溜了出去。

苦婆刚跑出村口，那个男人就追了出来，他边跑边喊："你往哪里跑？你是我花五千块钱买的。"听着男人的喊叫，苦婆赶紧往村旁的山上跑去。由于苦婆对山路不熟，加之跑得慌张，她跑到一个山头的时候，来不及收身，便从上面栽了下去。那个男人追过来看了看，怕出人命，赶紧又走回了村子。

当路过的人们发现苦婆的时候，她已经奄奄一息了。她硬撑着向人们诉说完寻找儿子的全部经过，随后很虚弱地说了句："求求你们帮我找到儿子。"说完，苦婆便咽了气。

接下来的几天里，大街小巷贴满了苦婆寻子的广告。各大新闻媒体也纷纷作了报道。

后来，有个少年经常跪在苦婆的坟前，默默流泪。人们断定，他便是苦婆的儿子。

张木的媳妇

　　天上掉馅饼了。三十多岁的张木竟然找了个的媳妇。这让张木像捡了个大元宝似的，乐得整天大门不出，二门不迈。

　　说起张木，村里的人几乎都一致认同他是铁定的光棍汉了。年龄大不说，他的懒也是全村出了名的。知道张木的女人几乎都会说同一句话："即使一辈子找不到对象也不会嫁给他。"村里的人都说张木是个油瓶倒了都不会扶的人。要不是他爹临死前留给他一群羊，他早饿死了，张木就指望着那群羊生存了。

　　就这样一个懒得出名的人，好歹也混上了个媳妇。村里的人的确都很纳闷。

　　这主要亏了媒婆巧婶。巧婶给人家说了一辈子媒，村里很多婚姻困难户都是她扶贫的。先前，巧婶曾有一句话撂在村里，给谁介绍也不给张木介绍，那是把人家女的往火坑里推。可巧婶最终还是给张木划拉了一个。女方虽然是长相一般的外地人，但就这样也够张木乐的了。

巧婶为什么给张木介绍对象，张木心里清楚。他家里的羊已经差不多都赶到巧婶家里了。刚开始，巧婶并不同意。再说，当地的女人也都不同意。张木不管这个，他认定了巧婶有这个本事，也就靠上了她。他对巧婶说："你尽管想办法，我要羊有羊，要钱有钱，没有可以借。只要事能成，你只管开口说数，多少我都不在乎。"就这样，巧婶好歹从外地给张木买了一个回来。

有了媳妇的张木日子比以前过得更加贫困。他是一个只知道享受不知道过日子的人，所以家里只要有一天吃的，就不去想别的。他媳妇虽然是买来的外地人，倒也是老实巴交的本分人。既然嫁给张木，也就在这里踏踏实实地过起了日子。虽然穷，但她认为只要两个人一条心地过，日子就会好起来。张木却不这么想，他本来就懒，现在有媳妇了，而且是花钱买来的媳妇，他便更懒了，什么事都撵着媳妇干。

张木的媳妇真是个好媳妇，什么事都顺着他。可时间长了也还是不能让张木满意。张木的脾气也越来越坏，屁大的事都大吼小叫的。并且他还有个忌讳，千万别和他谈挣钱的事，一谈他就瞪着牛眼骂："你是老子买来的，你不挣钱谁挣？为了买你老子欠了一屁股债，你不还谁还？"媳妇有时实在委屈，便回一句："你是老爷们，家总得靠你支撑着。"张木不听是孬话好话，只要顶嘴抬手就是一巴掌："什么娘们爷们，快给我干活去。老子花钱买来的媳妇就得给老子当牛使。"他媳妇捂着疼痛的脸，眼里涌着泪花，走了出去。

终于有一天，张木的媳妇给张木留了一封信走了。信上说："我虽然是你买来的媳妇，可不是你买来的牛马。本来，我是打算和你好好过日子的，没想到，你竟然是这样的人，我只好走了。"

张木拿着媳妇留下的信，呆望着空空的院子，傻了。

老 张 头

老张头在省城某研究所干传达。说是传达，其实什么活儿都干。比如清理厕所、打扫办公室、给领导提水擦桌子、修树剪枝、看管车库等，整个一勤杂工。工资虽不高，但老张头很知足。从农村出来的人图什么？比在农村强点儿就行。累点就累点吧，咱农村的人还有吃不了的苦？

就这样的工作，还是老张头托一位远房亲戚给找的。要不是一把鼻涕一把泪地求人家，这样的工作都轮不到他。人家说了，下岗职工有的是，农村人爱干不干。

老张头很珍惜这份工作，谁支使他干活他都干。在他眼里，每一个人都是领导，从农村出来的人见谁都矮一头。所以，连给所长开车的司机小孟让他往宿舍里送水他都送，他怕人家给所长提意见。在外面干活不小心翼翼行吗？说不定什么时间就让你走人。在这里打工走人的事经常有，谁拿这个当回事？唉！不求受表扬，能保住饭碗就不错了。

老张头工作勤恳，领导还是满意的。用领导的话说，干活勤快好支使。办公室主任刘振，三十来岁，支使起五十多岁的老张头像儿子一样。老张头心里不高兴，还得一脸笑容地干。人家是领导啊！

礼拜天，刘振不上班。这家伙在家里连水都不烧，净让老张头送。虽然这是分外的工作，虽然得走一些路，但老张头必须照办。有时，刘振家里来了客人，老张头得送好几趟。图什么？能让领导高兴不容易，看到领导的笑容他心里会踏实一些。

研究所是花园式单位。一开春，一排排花草，一行行树木就得修理。每逢这个时候，老张头便更忙了。除了日常工作和给领导干分外的工作外，全部时间都用在修剪花草树木上。所里的领导是群有文化、有品位、有层次的人。他们喜欢把单位建得像花园一样漂亮。他们常常三五成群地站在外面，欣赏这美丽的景色。只是，谁也不会注意老张头一手执剪一手提着椅子忙碌的身影。

老张头砸脚了。他前倾着身子要剪一个稍远点的树枝时，踩歪了椅子。他倒在了地上，随之碰倒了被闲置在树下的一个老式暖气片，暖气片重重地砸在了老张头的脚上。听到老张头痛苦的喊叫，附近几个工人跑了过来把他送到了医院。

老张头的脚在 X 光片上显示的结果是骨折。医生要求打石膏住院治疗，老张头一口就拒绝了。打石膏住院意味着他不能工作了，一旦不能工作，还能保住饭碗吗？再说，今天是临时从所里拿的钱，报销不报销还不一定，他可舍不得花钱治。老张头硬是让工友把他拉了回去。

　　老张头的脚肿得像馒头，疼痛的程度从他脸上的表情中显现出来。他躺在床上，一下子感到了孤独。

　　刘振来看了看老张头的脚，并告诉他，拍 X 光片花的一百多块钱得从工资里扣。老张头没言语，扣就扣吧，能保住工作也行。于是，他试探着说："我不能剪树了，让我在传达室值班行吗？脚好了，我把工作再补上。"刘振顿了顿说："研究研究再说吧，你等通知。"

　　老张头在床上躺了三天，却等到了让他回家的通知。工人们都偷偷地说他："不能走，得找领导。要走也得治好脚再走。"老张头没言语，心想，虽然在这里干了五年，可咱是临时工，是农村人，找谁啊！

　　最后，老张头只提了一个要求，让所里的车把他送到车站。毕竟，他走路都很困难。

我该相信谁

最近一段时间的天气像到了更年期一样，喜怒无常，说变就变。琳领着孩子刚到了广场边上，已经有零星的雨点落下来了。看天气闷热的情况肯定要下大雨，琳没敢再逗留，领着孩子赶紧往家走。不出所料，她才走了一半的路程，雨唰唰地就下了起来。幸好，不远处有个立交桥，琳抱起孩子就跑了过去。

在立交桥底下，琳和孩子虽然能暂时避雨，但看着渐渐黑暗的天空，心里不免着急起来。想给老公打个电话，可摸了摸口袋才知道光想着和孩子出来玩了，手机竟忘了带。此时，雨越来越大了，琳的心也提了起来。

过了一会儿，一辆红色桑塔纳停在了她母子的面前，车主摇下玻璃说："大姐住哪？我送你回去，孩子这么小，不冷吗?"琳看着他突然想起同事芳因为搭乘陌生人的车被强奸的事来,赶紧撒了个谎说:"不用,谢谢,我老公马上开车来接我们。"那人点了点头摇上玻璃便开车走了。

又过了一会儿,一个女人开着辆面包车也停在她母子面前。女人说:"大姐,你如果住在前面的话,我可以把你们捎过去,这么大的雨看来一时半会儿停不了。"看着女人,琳又想起同学青因为轻信了一个女人的话,被骗到一个路口,让等在那里的人劫色劫财的事来,又赶紧说:"谢谢你,我们在这儿等人呢。"女人"噢"了一声,开着车走了。

天色已经渐渐地黑了下来,看那雨势,不仅不会停还越下越猛了。如果不是害怕淋着孩子,琳肯定会冒雨回家的。这样的天气让她的心里一阵一阵地发紧,恐惧感像电闪雷鸣一样不时地从四周向她围来。

就在孩子因害怕雷声而偎在她的怀里哭喊的时候,一辆警车停在了她的面前,琳的心里一阵高兴。平时就经常说有困难,找警察,现在看来,还是警察好,要主动帮助她了。可就在那个警察下车的瞬间,琳的脑海里马上又出现了电视上经常播放的那些假警察作案的新闻报道,她的心里更紧张起来。

所以,当那位警察要送她回家时,她又撒谎说:"谢谢,我不是避雨,我在等我老公呢。"警察说:"你丈夫啥时来?要不我先送你回去,看这孩子既冷又怕的。""真不用了,我刚打了电话，我老公一会儿就来。""那就好。"警察一边说着一边上车走了。

　　看着警车的尾灯，琳的心里非常的失落、着急，她是多么想能有个人送她回去啊！可该相信谁呢？

猜猜我是谁

今天是我们公司开业十周年纪念日，为了隆重庆祝，总经理特意批准可以携带家属参加公司举办的联欢晚会。

晚会上，主持人推出一个别出心裁的互动节目——猜猜我是谁。让一个人闭上眼睛通过摸其他人的手猜猜这个人是谁。这个节目特别能烘托气氛，所以，大家热情高涨，都争相参与。主持人看大张的手举得最高，便让他第一个上场了。

当大张闭上眼睛摸第一个人的手的时候，表情非常紧张，但随后他坚定地说："这是总经理的手。"刚说完，台下就响起了热烈的掌声。因为主持人让他猜的正是公司张总经理的手。紧接着主持人又让他闭上眼睛摸第二个人的手。他摸着这只手，表情有些许的变化，随后说："这是科长的手。"台下又是一片掌声。王科长也满意地向他点着头。主持人笑着说：

"你和领导这么默契，以后肯定会被提拔重用的。"这时，大张的嘴角咧成了一朵花。

接着，主持人又让大张闭上眼睛摸第三个人的手，这时，他有些为难了，摸了很长时间还在犹豫不决。主持人催促他抓紧回答，他只好说："我实在是无法猜出这是谁的手。"他话音刚落，台下便哄然大笑起来。因为这次主持人让他猜的是他妻子的手。

节目结束后，我走到大张面前问："你为什么前两次猜得那么准，最后一次却失误了呢?"大张说"第一次我能感觉出来是握有大权的手，第二次我能感觉出来是有一定权利的手，可第三次我实在没什么感觉了。这倒不是我和妻子的感情出了问题，而是我把主要精力都放到单位上了。"说完，他的脸成了一张大红纸。

张云的女儿

　　张云是个不幸的女人，因为生了个女儿，丈夫和她离了婚。张云又是个爱面子的女人，觉得在农村待不下去了，被丈夫离了婚的女人还不叫人笑话死？于是她便带着女儿来到城里。张云租了一间房子，靠她在一家工厂打工维持生活。

　　转眼间，女儿已长大成人。虽没条件上太多的学，但看到女儿出落得像一朵花，张云的心里无比高兴。女人长得漂亮就是资本。她相信女儿一定比自己强，她辛辛苦苦这么多年算不了什么，以后会跟着女儿享福的。虽然女儿不喜欢找工作，但凭着她的俏模样肯定能嫁个有本事的男人。到时候日子也就不用愁了。

　　张云收入不高，却宠着女儿。只要条件允许，女儿要什么她都答应。她始终相信女儿以后能有出息，要不怎么没学上几天电脑却摆弄得很熟练，经常在网吧里一待就是一天。张云虽然不懂，但她知道能摆弄电脑的人都不简单。像她厂里只有领导或者大学生才能摆弄电脑。所以，她由着女儿去，说不定哪天女儿就能摆弄出点成绩来。

一天，女儿领回一个挺帅气的小伙子，说是在网上认识的。小伙子腋下夹着个公文包，手机不断地接听或打出，听那话音全是大生意。张云心里高兴，不管怎么认识的，只要有本事就行。现在，她娘俩太需要这么个人了。再说，女儿不愿找工作，不找个有钱的人家怎么行。

小伙子很大方，当晚就请她娘俩去了饭店，听女儿说那顿饭花了三四百。天哪！是她一个月的工资。看着母亲惊讶的样子，女儿像吃了蜜，觉得母亲跟着自己享福了。她挽着小伙子的胳膊兴奋得直摇晃，像摇一棵摇钱树。小伙子嘴甜，对张云说："阿姨，只要你高兴，我有时间就带你来吃饭。"听得张云合不上嘴。

过了不久，女儿又领回一个小伙子来。张云不解了，偷偷地问："和那个散了？""没有。""那，这个怎么回事？""什么怎么回事，这叫多种选择，谁对我最好，我才嫁给谁。说不定他们谁也没戏。"看着女儿得意的眉毛往上翘，张云没再多问，她知道女儿让自己宠坏的脾气，问多了还不如不问。当然，她还是相信女儿会处理好的。再说女人嘛，疼的人多也是好事。自己一辈子没得到男人的疼，那就把好运都降临到女儿身上吧!

　　这个小伙子也挺有钱，也时常带着她娘俩出去吃饭。这下，张云可忙了。有两个小伙子交替着请，在同事的眼里她像天天有应酬似的。张云脸上很光彩，她觉得同事都很羡慕她。现在也的确不一样了，在和同事谈论吃的时候，她也很专业地指出一些饭店的风味和特点。要在以前她只有听的份儿。在谈论饭店的时候，她自我感觉很体面。

　　张云跟着女儿享了福，对女儿交男朋友的事也就不再过问。特别是她已经习惯跟着女儿出去吃饭了。有时还主动打电话让女儿找人安排地方。看着女儿被这么多有本事的小伙子争相追求，她很有成就感。追求女儿的越多，竞争就越大。同时她得到的实惠也越多。她为此常常暗自得意。

　　女儿二十岁生日的那天，张云打算好好地过，反正也不是自己出钱。于是，便定了个大饭店。女儿打来电话说有车来接，让她提前下班。张云早早地就回了家。

　　谁也想不到的是，就在张云推门进屋的时候，眼前的一幕让她直接昏了过去。女儿被人捅了很多刀，裸着的身子上零乱地撒着沾满了鲜血的玫瑰花。

儿子的聪明

　　现在的孩子真是越来越聪明了，经常说一些让大人意想不到的话语。就拿我儿子来说吧，虽然才上一年级，就经常用他自己的观点和我争论一些事情，尽管有的观点很是可笑，却让我不能不佩服他的思维能力。

　　这个季节，阳光明媚，绿意萌动，出去走走自然会收获一份好的心情。抽了个礼拜天，我便带上儿子去城郊的一个公园里去游玩。刚走到公园门口的时候，儿子就指着不远处的一个卖棉花糖的说："妈妈，那里有卖棉花糖的，你猜猜我喜欢吃吗？"这是儿子一贯的伎俩，当想吃什么东西的时候，就让我猜。我自然明白他的心思，可我看了那个卖棉花糖的一眼，感觉这种在露天下的制作方式很不卫生。就说："咱不吃棉花糖，你看马路上尘土飞扬的，这也太不卫生了。"儿子说：

"有好多小朋友都在那里围着买呢，那些小朋友的妈妈都支持孩子吃棉花糖。你也肯定支持的。"

我知道这又是儿子的一个策略，现在的孩子也都有一种攀比心理，我只好又说："妈妈是个普通工人，赚钱不多，每个月必须有计划地开支，没有多余的钱给你买这个的。"儿子说："这没关系，我现在也能赚钱了，并且我赚的钱应该属于咱家的额外收入。不在你的计划范围。"

看着儿子说这话的时候像个"小大人"似的，我笑着问："你小小年纪能赚什么钱？"儿子一本正经地说："那天我到姥姥家里去，姥姥说只要我好好学习，比给她买任何礼品都高兴。我这次又考了双百，再到姥姥家，咱就不用给她买礼品了。节约下来的钱，不就等于是我赚得的吗？"

儿子说完，我开心地笑了起来，他的这些观点也不知道是怎么想出来的，我摸着他的头说："就你聪明。"儿子高兴地说："这得给我买了吧？"我说："这也不能买，给姥姥买礼品是孝敬她，孝敬老人是晚辈的责任，好好学习是学生的责任，你就应该做一个有责任感的小小男子汉。"听我说完，儿子幽默地说："看来，你是没有责任给我买棉花糖的。"随后，我俩笑成了一团。

谁让咱是男人

　　小黄是住在我对门的邻居，最近总是一副闷闷不乐的样子，这和以前判若两人。我和小黄虽然交情不深，但都在一个楼上住着，难免低头不见抬头见。每次见到的时候，小黄老远就热情地打招呼。见到我家的孩子更是嘻嘻哈哈地逗着他玩。可连续几天来，他虽然见面也点头笑笑，心情却明显地沉重了许多。

　　那日，我下班回家的时候刚好碰到小黄提了个饭盒出来。看到他的脸色，我禁不住问："出门?"小黄说："去医院送饭。"

　　"去医院?"我随后又问。"谁病了?"

　　小黄叹了口气，说："我妻子得了尿毒症。"

　　我惊讶地问："尿毒症? 不要紧吧?"

小黄又叹了口气，说："需要换肾，可没有合适的肾源。"

听小黄说完，我惊讶之余不禁感到小腹一紧，换肾这个只在报刊上见过的词汇竟然让小黄遇到了。怪不得他最近心情不好。我说："她的亲属之间没有合适的肾源吗？"小黄摇了摇头，说："她的弟弟妹妹做了配型检查，都不合适。"说完，小黄拖着沉重地脚步下了楼。

随后几天，再没有见到小黄。邻居们都为他的妻子感到难过，一个年轻的生命就这样走到了边缘！

一天晚上，我和妻子敲开了小黄的门。门对门住着，虽然帮不上什么忙，总该安慰一下。见到小黄时，他气色好了许多，脸上又有了笑容。我忙问："肾源找到了？"小黄有些激动地说："我做配型检查了，我可以给妻子换肾。"我妻子说："你要给妻子换肾？"小黄点了点头。他妈妈不无忧虑地说："他把肾换给了妻子，一个男人以后可怎么生活？"这句话让我和妻子也有同感。可小黄坚定地说："既然是夫妻，危难关头我怎能不挺身而出，谁让咱是男人！"那一刻，我和妻子都对小黄投去了敬佩的目光。

回到家的时候，妻子还不断地说："小黄不愧是个男人！"

小黄陪着妻子出院回来的时候，全楼的人都出来看望。人们问候小黄妻子的同时更多的是对小黄给妻子换肾这一举动的由衷赞扬。很多老人不时地拍着小黄的肩头说："是个男人！"

现在，楼上的女人总是要求自己的男人以小黄为榜样，向小黄学习。楼上的男人在遇到事的时候，也总会重复小黄那句话："谁让咱是男人！"

为了生活

我和大孟是一起光着屁股长大的哥们。因为家里穷，我俩初中没有毕业就一起外出打工了。虽然每个月有了固定的收入，可还是让我们感到日子没有奔头。那时候，我和大孟天天盘算着如何赚钱，好让家里人过上好日子。

后来，我看到了一个去韩国劳务的信息，说是能赚二十多万。我一下子就动心了，赶紧找到大孟，希望他和我一起出国劳务。这样不但有个伴儿，也好一起赚点钱。没有想到，大孟却一口拒绝了，他坚持留在家乡发展。我说："在家里能有什么好路子？"大孟说："现在国家实行改革开放，正在大力扶持个人创业。出国劳务要交好几万块钱，还不如用这个钱进行投资搞自己的事业。"我看到他如此坚决，便没再坚持，心想，等我赚回钱来你就羡慕吧。

于是，我顺应出国打工热的潮流，来到了韩国的一家机械厂干电工。刚到韩国时，由于对陌生的国家和人群感到十分新鲜，我始终处在极度兴奋之中。对周围的环境渐渐地熟悉之后，我就日益思念起家乡来。特别是梦里散发出的那股浓浓的家乡气息让我无数次地说着梦话。同居一室的工友听到后，便叫醒我说："是不是想家了？"我笑了笑，没有回答。出国打工是有合同在身的，哪能想回家就回家。我也明白，出国打工就是为了赚钱的，坚决不能半途而废。所以，赚钱是支撑我在异国他乡打工的全部动力。

当我劳务期满回到国内的时候，心中很是有些自豪，毕竟兜里有几个钱了。让我没有想到的是，大孟竟然开着车来找我了。再看大孟的装束俨然是一副老板的派头。我惊讶地说："大孟，真当上老板了？"大孟说："你先看看我的养殖场就知道了。"随后，我随大孟去了他的养殖场。

在他的养殖场里转了一圈，我之前的那些自豪感便没有了，大孟的事业是真的干大了。现在已经是千万资产了。我羡慕得直冲大孟伸大拇指。大孟说："我早就说过，虽然咱们曾经非常贫穷，可咱们赶上改革开放的好政策了。所以，我能有今天的事业全仰仗政策好啊！"听完大孟的话，我暗下决心，依靠改革开放的好政策，我也要干一番自己的事业。

快乐老翁

一天晚上，我正在 QQ 上和一位网友聊得火热，突然一个名叫"乡下快乐老翁"的人要加我为好友。很少有陌生人主动加我为好友，何况还是位乡下老翁。出于好奇，我点了"同意"之后，忙问："请问您是哪位？"对方回答："我是你爷爷。"这让我很是生气，怎么有人这样说话，便没再理他。

过了一会儿，对方竟然还要和我视频。我正想看看他是谁。便赶紧打开了视频。没想到还真是我爷爷。很长时间没回老家了，在视频里看到爷爷，我有些激动。爷爷的脸上虽然有岁月的痕迹，但黝黑的皮肤里透着一抹红晕。看到爷爷的身体比以前更硬朗了，我从心里感到高兴。

爷爷说，老家的变化可大了，让我抽空回去看看。他还说我们村里百分之八十的人家都买了电脑。我问："你会用吗？"

爷爷说："不会用能和你视频啊？今年我们家的蔬菜就是在网上卖出去的。"看着爷爷神态自若地端坐在电脑前打字的样子，我敬佩地说："爷爷，你真厉害，没受过专门的培训就会摆弄电脑了，居然还会在网上卖蔬菜了。"爷爷幽默地说："只要思想不落后，八十岁的老头照样赶得上新潮流。"我点了点头，说："爷爷的晚年生活越来越丰富了。"爷爷说："是，有时间你到我的 QQ 空间里看看，我的多彩生活都在那上面呢。"

我赶紧打开了爷爷的 QQ 空间。没想到，爷爷的 QQ 空间还真是内容丰富，上面不但有各类蔬菜交易信息，还有他摘抄的一些养生文章，并附了很多自己的观点和建议。在相册里，我看到了爷爷和很多老人的合影，个个精神焕发，神采奕奕。爷爷说，这些都是他在网上认识的朋友。他们经常在一起交流养花、种草及练习书法绘画的一些心得体会。

在爷爷的 QQ 空间里看了很长时间，我逐条地浏览着内容，感受着爷爷丰富多彩的晚年生活，由衷地羡慕和高兴。

随后，我兴奋地对爷爷说："我以前还担心你的老年生活会孤独，没想到比我们年轻人都精彩。"爷爷学着广告里的台词，幽默地说："自从学会了上网，我精神好，睡眠足，身体倍棒，吃嘛嘛香。"

表妹找工作

老家的表妹来了，她今年刚刚大学毕业，让我在城里给她找个工作。现在的大学生就业难是人所共知的。所以，我对表妹说："不要一味地找专业对口的工作，目前先找个工作稳定下来是最重要的。以后可以骑驴找马。"表妹非常认同我的观点，口口声声表示自己不会挑剔的。

礼拜五是人才市场固定开放的日子，我带着表妹和儿子一大早就去了。人才市场里人山人海的，一看就知道今天找工作的形势不容乐观。我们在里面先后转了几圈都没有看到满意的单位。今天来的单位大部分是招聘业务员的，而表妹性格内向，根本就不适合做业务。见此情景，表妹显得有些失落。

就在我们打算要离开的时候，我突然看见在一个角落里有家物业公司招聘电梯操作人员。便带着表妹走了过去。简单地向招聘单位了解了一下情况。我感觉这个工作风吹不着、雨淋不着的，很适合表妹。便领取了一张招聘资料，打算让表妹下午去应聘。

走在路上，表妹一直闷闷不乐。

我问："是不是感觉这个工作不理想？"

表妹说："这个工作虽然好，可我毕竟是大学生，想找一个更适合发展才能的平台。"

我说："现在工作难找，你也看到了，先稳定下来再说吧。"表妹没再言语。儿子在一旁说："表姑，干了这个工作，你就是一把手了。"

表妹说："电梯操作工怎么是一把手呢。"

儿子说："你想啊，这电梯上上下下的不全靠你'一把手'掌控吗？"

表妹笑着说："只可惜我这'一把手'没有什么权力啊。"

儿子又说："你的权力太大了，你管着'人员调动'呢。"

没想到儿子这么幽默，他的话让我和表妹都笑了起来。表妹当即决定下午去应聘了。

毛泽东早期诗词解读

众所周知，毛泽东不仅是伟大的政治家、军事家、思想家，还是优秀的诗人。郭沫若曾称他"经纶外，诗词余事，泰山北斗"。毛泽东具有深厚的古典文学素养，他的诗词不仅反映着中国革命的光辉历史和革命导师的伟大思想，更有深刻的人生智慧。

五言诗《井赞》是毛泽东最早的一首诗，作于 1906 年秋，年仅 13 岁的他，初步显露出他的诗人天赋。毛泽东创作这首《井赞》还有一个典故：1906 年秋，少年毛泽东在井湾里的私塾读书。有一次，私塾的教书先生毛宇居（毛泽东的堂哥）有事要外出，走前再三叮嘱学生们要老老实实地在教室里读书，不许私自走出私塾。但毛宇居走后，毛泽东便背着书包跑到屋后的山上，一边读书，一边摘毛栗子，还打算孝敬先生一份。毛宇居回来后知道了，却并不领情，并责怪他说："你怎么敢私自跑出去玩呢?"毛泽东说："闷在屋里头昏脑涨，背书囫囵吞枣，死记硬背是没有多大用的。"毛宇居气得满脸通红。毛泽东说："那你罚我背书好了。"毛宇居知道背书是难不倒这个记忆力特别强的学生的，便指着院子里的天井生气地说："既不打你板子，也不罚你背书，你给我赞一赞这天井。"于是毛泽东便沿着天井转了两圈，写下了这首《井赞》："天井四四方，周围是高墙。清清见卵石，小鱼囿中央。只喝井里水，永远养不长。"同学们听了无不拍手叫好。毛宇居也从诗中意识到自己教学生的弊端，不禁从内心感慨道："蛟龙得云雨，终非池中物。"他的这位堂弟学生，日后怕是个很了不起的人物。

五言诗是中国古代诗体的一种，全篇由五字句构成，在音节上，奇偶相配，更富于音乐美。毛泽东用这首五言诗抨击了当时的教育弊端，启发人们学习要讲究方法。全诗用的是比喻的手法。"小鱼"指的是尚处在成长时期的孩子们，他们被困在狭窄的"天井"里，只能"喝井里水"。井里的环境再好也会受到空间的局限，孩子们在这样的环境里读书，自然也就营养不良，汲取不到更丰富的养分。

这首《井赞》所折射出来的人生道理同样也是非常深刻的。一只鸟只生活在笼子里自然不会领略到蓝天的深邃，白云的飘逸；一个人不到外面的世界闯荡一番，也就不会知道世界的博大，生活的精彩。毛泽东正是从小就有了这种与众不同的胆略和认识，加之后来的革命实践，才成为影响世界的一代伟人。

"只喝井里水，永远养不长。"这句诗浅显易懂又寓意深刻。一个人要想有大的作为就不能"只喝井里水"，否则，便摆脱不了成为"井中鱼"的命运。人们常说命运掌握在自己的手中，只有到大风大浪中去锻炼去拼搏才会赢得不一样的人生。这就是《井赞》所折射出来的人生启示。

"孩儿立志出乡关，学不成名誓不还。埋骨何须桑梓地，人生无处不青山。"这首《呈父亲》，是一首七绝，毛泽东于1910 年秋天创作的。

毛泽东在读书笔记中写道："词有婉约、豪放两派，各有兴会，应当兼读。读婉约派久了，厌倦了，要改读豪放派。豪放派读久了，又厌倦了，应当改读婉约派，我的兴趣偏于豪放，不废婉约。"尽管毛泽东说他不废婉约，但纵观他的诗词无不豪情万丈，气势磅礴，英姿勃发，志存高远，这首诗也不例外。

1910 年春，毛到东茅塘私塾读书，师从堂伯父毛麓钟（毛泽东的最后一位塾师，也是最有学问的一位塾师）。在那里，毛泽东打下了更为深厚的中国文化基础，也接受了更多的新思想教育，经毛麓钟推介，阅读了梁启超主办的《新民丛报》等进步报刊。在毛麓钟的熏陶下，古典诗词成为毛泽东一生的最爱，并取得了极高的成就。

创作这首《呈父亲》的时候，毛泽东年仅 16 岁。那年秋天，毛泽东的父亲毛顺生一心要把他送到县城一家米店当学徒。毛顺生希望毛泽东将来能继业发家。此时，国家正处在内忧外患的时期，年少有为、胸怀大志的毛泽东自然不希望自己的人生就局限于此，他要到广阔的天地去实现更大的梦想。毛泽东借助亲戚和同族长者，说服了父亲，同意他到湘乡县（今湘乡市）立东山高等小学堂继续读书。

这是毛泽东第一次离开家乡，临行前，他根据前人的诗略加修改，写成了这首《呈父亲》献给父亲。因为账簿是他父亲每天必须看的，毛泽东便将写好的诗抄在一张纸上，夹在他父亲的账簿里面。毛顺生看到了这首诗后告诉了大家，这首诗就流传了下来。毛顺生去世后，此诗一直由表兄文运昌珍藏着。新中国成立初期搜集革命文物时，他母亲文氏家里的人把这首诗交了出来。

七绝是七言绝句的简称，绝句是近体诗的一类，由四句组成，五字句的称五言绝句，七字句的称七言绝句。

毛泽东这首七绝《呈父亲》表达了他从小要做一番大事的决心和勇气，也表现了他对父亲的深情厚谊。

在当时，能够说服父亲，冲破传统观念，立志走出家乡，成就人生梦想的举动是非常了不起的。古今中外，凡是成就大事者，都要具备这种精神，而这种精神在这首《呈父亲》里体现得淋漓尽致。

"埋骨何须桑梓地，人生无处不青山。"这是何等的气概！当下一些人做不成事就是缺少了这种"心怀天下，放眼四海"的壮志雄心。如果毛泽东没有这种雄心壮志，很有可能会成为米店老板而不是领袖了。可见，一个人的志向是多么重要！

毛泽东在《咏蛙》里写道："独坐池塘如虎踞，绿荫树下养精神。春来我不先开口，哪个虫儿敢作声。"这首诗创作于1910 年秋天。当时，16 岁的毛泽东正离开家乡韶山冲，在离家乡 50 多里路的湘乡县立东山高等小学堂读书。

凡来东山高等小学堂读书的学生都要进行入学考试。当时学校规定考试作文题目是"言志"。大多数学生写的都是尊孔读经、学而优则仕之类的内容，而毛泽东却联系人民的痛苦、民族的危急、祖国的前途，写出了自己立志救国救民的革命抱负。

东山高等小学堂坐落在离城二三里的东岸坪，环境优美，背倚巍峨苍翠的东台山，面向碧波荡漾的连水河，左右是平展宽阔的稻田。学校围墙内，河流环绕，树木青葱。当春天来时，蛙声四起，这激发了毛泽东那颗热爱生活、追求真理的童心。于是，他挥笔写下了《蛙声》这首七言绝句。校长李元甫阅后，大加赞赏。

毛泽东创作诗词喜欢引经据典。虎踞，语出成语龙盘虎踞，汉朝刘胜《文本赋》："条枝摧折，既剥且刊，见其文章，或如龙盘虎踞，复似鸾集凤翔。"意思是说青蛙坐在池塘边像老虎一样蹲着。这首咏蛙诗，毛泽东写出了大气势，大境界。此诗以蛙喻人，通过放大青蛙形象把小人物的大志向活灵活现地展现了出来。

东山高等小学堂不同于一般学堂，因为清代同治年间，出生于此的曾国藩因率领湘军镇压太平天国革命运动时为清政府立了大功，因而湘乡由于军功被封为二品以上官爵的就有两千多人，从而形成了一个新兴的军官兼地主豪绅的特权阶层。东山高等小学堂便是为了培养这些人家的子弟能博取功名利禄而兴办的。在东山高等小学堂读书的大多数是有钱人家的子弟，他们穿着华丽，入学的时候不是坐轿就是有人护送。而来自穷乡僻壤的毛泽东穿着粗布大衫，口音难听。那些阔气的同学觉得他很"土气"，都瞧不起他，因此他被许多同学疏远。但毛泽东并没有因此觉得低人一等，反倒觉得自己比那些只为求官发财的学生高大得多。"独坐池塘如虎踞"就是毛泽东胸怀大志的写照。正如自己诗中所写，毛泽东在"绿荫树下养精神"，争分夺秒地阅读各类书籍，从中寻求救国之路和成才之道。谭咏春老师看了毛泽东写的《救国图存论》和《宋襄公论》批阅道："视君似身有仙骨，寰观气宇，似黄河之水，一泻千里。"从而，毛泽东的学习精神受到了老师们和同学们的一致赞扬。

时下，很多人把自己的不成功归结到没有背景，没有资金，没有……一个有所成就的人"不为失败找理由，只为成功找方法"。毛泽东这首《咏蛙》所带给人们的启示就是，无论起点多么低，无论所处的环境多么差，都要有"绿荫树下养精神"的认真学习、养精蓄锐的境界，更要有"春来我不先开口，哪个虫儿敢作声"的雄心壮志。

以上三首诗是毛泽东早期的诗作，不但能从中领略到他的诗人天赋，更能学习到他年少立志、远大的人生抱负。因此，熟读毛泽东诗词会对一个人的成长大有益处。

网络"爱情"

　　杨子自从学会上网聊天的那刻起，就期盼着收获一场网络爱情。虽然他有一个漂亮的女友，可想象到和女网友见面的情景，他心里就有一种抑制不住的激动。这种感觉很神秘、很刺激，这段时间，杨子的主要精力都用来和女网友聊天了。

　　聊了差不多一个月左右，杨子不禁有些失望。虽然有几个感觉很好的网友，但与他想象的那种网络爱情还差得很远。有时也能和她们聊一些婚姻、爱情，甚至是涉及性的话题，但都达不到杨子预想的效果。他曾在网上对几个女网友展开过爱情攻势，不过，她们有的回避，有的一笑了之。好歹有一个女网友对杨子表露出好感，可当谈到见面的时候，马上就不见踪影了。

　　过了一段时间，就在杨子打算放弃追求网络爱情的时候，一个网名叫网络丽人的女人出现了，是她主动加的杨子。网络丽人给杨子的感觉也的确和别的网友不一样，她没有问杨子是哪里人、干什么工作等这样一些大众化的聊天话题，而是直接问杨子有什么爱好，说是看看和她有没有共同语言，如果没有就立刻把他删掉。这么有个性的女人立刻引起了杨子的兴趣，更令杨子想不到的是当他说出爱好文学时，网络丽人竟然接连打出五个"缘分"发了过来。原来她也是文学爱好者，这真是踏破铁鞋无觅处，得来全不费功夫。

能够认识一个爱好文学的女网友，当然是杨子求之不得的。在他看来，共同爱好文学会更有利于收获网络爱情。网络丽人在这一点上似乎和他也有共同的认识，不断地在网上发着知音难遇、恨不能早相逢等感慨。经过一番交流，杨子确实有种相见恨晚的感觉。很快，他们就成了知音。

因为杨子没有安装视频，也就不好意思提出和网络丽人视频的要求。网络丽人却很大方地让杨子在网上看了看她。这一看，杨子更加激动了，她的确是少见的美女，特别是她那一头飘逸的长发，更让杨子欣赏不已。网络丽人特意甩了甩秀发，并站起身来走了几步。

看着视频里的她，杨子立即打出："你的美丽在我的脑海里已经定格成为永恒。"随后，网络丽人发过来一行字："期待与你见面。"杨子兴奋得有点晕，接连看了几遍，赶紧回复："时间、地点全部由你来定，我坚决服从指挥。"网络丽人又发过来一行字："好的，明天我们电话联系。"最后，杨子和网络丽人相互留了电话，便依依不舍地下线了。

杨子和网络丽人约好在缘分咖啡屋见面，他们都早早地赶到了。整个见面的过程顺利得超乎杨子的想象，当杨子提出找个地方临时休息一下时，网络丽人不但没有反对，还主动说她有个朋友就开宾馆，价钱肯定会照顾的。杨子欣喜若狂，和她直奔而去。

而当杨子和网络丽人正在床上兴奋的时候，一个男人突然闯了进来。他自称是网络丽人的男朋友，上去就抽了杨子两个耳光，杨子顿时呆在那里了。网络丽人推开他，匆忙地穿好衣服，跑了出去。那个男人狠狠地说："我已经跟踪你们半天了，你说怎么办吧？"杨子这才明白过来，自己中了别人的圈套，就像报纸上经常刊登的那些以约会为诱饵敲诈钱财的新闻，这都是别人设计好的。此时，杨子真想拨打 110 报案，可又考虑到女友要是知道了非得分手不可，他就没有勇气了。现在也只能任人宰割。最后，杨子为了息事宁人，不得不按网络丽人男友的要求拿出了两万元钱。

杨子的女友不知怎么知道了此事，头也不回地就和他分道扬镳了。杨子赔了钱，丢了人，没了女友，心里窝了一肚子的火。他真想找到网络丽人把她狠狠地抽一顿，可她不但在网上消失了，手机也欠了费，就像蒸发了一样，消失得无影无踪。

一段时间过后，杨子在网上突然收到了网络丽人的留言，她说:"我恨死自己了,当初真的不该帮着我男朋友骗你。我现在才明白,我男朋友为什么对你的情况那么了解。他让我以文学爱好者的身份骗你,都是你的女友告诉他的。他俩早在一年前就在网上认识了,并且一直是情人关系。这次我本以为骗了你的钱,我男朋友就会和我好好地过日子了。谁知,他竟和你的女友私奔了。这一切都是他俩精心设计好的阴谋。我和你一样,也是受害者。"

看完了网络丽人的留言,杨子没再犹豫,掏出手机就报了案。

良苦用心

　　爱上叶子是从我见到她的第一眼开始的。当时，我俩共同参加一个朋友的生日聚会。端庄、秀丽的叶子刚好坐在我的身边，那天我第一次知道魂不守舍是什么感觉。我接连邀请叶子跳了几支舞，在与她轻灵的舞动中，我的思绪一直在飞。

　　一支舞曲过后，就在我俩坐下来休息的时候，朋友开玩笑说："你俩郎才女貌，真是天生的一对。"朋友的玩笑恰好说在了我的心坎上，我兴奋得连连点头。叶子却说："我可不喜欢肥胖的男人。"肥胖一直是我颇感头疼的事情，但为了讨叶子欢心，我赶紧说："若为爱情故，我一定会拼命减肥的。"叶子笑了笑，俏皮地说："可别光说不练啊？"我进一步表明态度："你就看我的实际行动吧。"

　　回到家里，叶子的身影占据了我的全部空间。我天天被思念煎熬着。虽然不敢确定叶子是否爱我，可从她让我减肥的事情来看，得到她的爱是有希望的。我暗下决心，为了得到这份爱情一定要努力减肥。于是，我让妻子从超市里买来跳绳，开始以锻炼来减肥。

因为心里始终想着叶子，我跳起绳来格外卖力，再累也感觉不到苦。妻子在一旁看我累得挥汗如雨、气喘吁吁。便递过毛巾和水，示意我休息一会儿。我敷衍了妻子几句，继续挥舞起了跳绳。

为了给叶子一个惊喜，期间，我忍着思念并没有和她见面，只是定期给她发个短信，传达一下爱慕之心和锻炼的情况。叶子隔三岔五也有短信回复，每次都让我满怀信心、坚持不懈。

由于我的努力，效果还真明显，一段时间下来，我的体重降了很多。就在我盘算着和叶子见面的时候，妻子提议出去旅游。想着妻子为了这个家庭的付出，我不好拒绝，便答应了下来。临行前，我带上了跳绳。即使去旅游我也要坚持锻炼，以便回来给叶子更大的惊喜。

我根本无心旅游，无非是为了陪陪妻子。一切行程由她安排，我悉听尊便。妻子选了我们度蜜月时去过的那座城市，并且住进了我们曾经住过的那个宾馆及那个房间。那里曾经留下我们刚结婚时的美好时光，重温往日的记忆，我的心里竟然透进了缕缕阳光。

接下来的几天里，妻子带我去的地方全是我们曾经去过的。比如我们划过的游船，我们攀登过的小山，我们吃过的饭店……往日的情景和妻子的体贴入微一路包围着我，我开始感到有些对不起妻子。特别是想到我让妻子买来了跳绳，却是为另一个女人锻炼的时候，我的心里充满了愧疚。

在旅行即将结束的时候，我从妻子的包里发现了一张纸，上面写着："当我从老公的手机短信里看到他爱上别的女人的时候，我很生气。但我也很快就冷静了下来。我不责怪老公，一个男人遇上一个优秀的女人产生爱慕是很正常的。我相信，他会从这段爱情里走出来的。毕竟，他有深爱他的妻子和孩子；毕竟，他是一个有责任心的男人。所以，我要帮他闯过这道情关。我之所以选择和他来这座城市旅游，就是为了让他想起从前，珍惜以后。经过这几天的旅游，我相信他一定能战胜自己……"

原来妻子早就知道了，她一直都在默默地帮我走出情感的泥沼，这样的妻子还不值得我珍惜吗？看完妻子写下的这段话，想着妻子的良苦用心，我的眼睛湿润了。

回去的路上，我扔掉了跳绳，删除了叶子的手机号码，把妻子紧紧地拥在了怀里。

爱 情 树

　　当天空中最后一朵云彩飘远的时候，根生狠狠地甩响了手中的鞭子。根据那一声鞭响，根生断定，如果那朵云彩飘得慢一些，会把它抽个粉碎。他的羊们早已四散逃离，连胆儿最大的领头羊都跑得远远的惊恐地看着他。如果不是云的爹拒绝他和云的婚事，他无论如何都甩不出那一鞭子。

　　看着羊们受到如此的惊吓，根生心里非常难受。他从心里疼爱着他的羊，这是他父母去世后留给他的唯一的财产，也是他生活的全部指望。云的爹看不起他这个羊倌，他认定了一个羊倌不可能有什么前途。回绝的话语比抽他一鞭子还痛。

　　根生站在那里正痛不欲生的时候，云来了。云说："根生，你要信我，你就上城里去，混出个人样回来给我爹看看。"

"没有了你，我混得再好有什么用？"

"我等你。"

"真？你不怕你爹？"

"真！不怕！除了你我谁都不嫁！"

更生又甩响了一鞭子，说："好！"

根生临走的那天，云买来一棵杨树。根生问："这是干啥？"云说："我把这棵杨树栽在你家里就是让你知道，无论你走得多远、多久，我都像这棵杨树一样把根深深地扎在你的家里。"

经过一阵儿忙活，他俩把杨树栽在了院子里。根生深情地摸了摸杨树，看了看云，背起行囊，告别村庄，去了城里。

自从根生走后，云每天都到根生的家里看他俩栽下的杨树。杨树在她的精心呵护下茁壮地成长着。杨树每长出一枝幼芽，她的心里也多出一层新绿。随着杨树的生长，她的思念也在生长。渐渐地，树干上的斑斑点点长成了她心中无数相思的树叶。

在城里，一心想混出个人样来的根生无论干什么活儿都格外地卖力。每当遇到困难时，他都会想起云，想起他俩栽下的杨树。每当此时，根生的心里便充满了力量。正是有了这股强大的力量，根生时时刻刻都在寻找着机会。他在建筑工地上干壮工的时候，认识了收破烂的老李，经过一段时间的酝酿，他和老李合伙开了一家废品收购站。很快，他就有了丰厚的收入。

就在根生盘算着要回家的时候，同村的柱子找到了他。柱子看着根生的收购站，羡慕地说："你这羊倌终于混出人样来了，要是再娶上个城里的女人就十全十美了。"

根生说："城里的女人再好我也不要，谁也代替不了云在我心中的位置。"

柱子嘿嘿一笑，嘴角歪了歪说："还挂着云呢？"

"当然，不是为了她我出来干什么？"

柱子翻了翻眼皮说："你还不知道？云已经结婚了。"

根生猛地一吼："胡说。"

柱子掏出一张照片说："我干吗骗你，看，云结婚时的照片。"

根生接过照片一看，可不，云和一位非常帅气的小伙子并排着照的。柱子指了指照片又说："看清楚，还带着红花呢！"此时，根生的脑子里一片空白，捏着照片便跑了出去。

自从根生知道了云结婚之后，就一直没有回去。不过，多年过后，他也理解了云，一个女人生活在农村的世俗里也不容易，也许她结婚也是没有办法的事。再说，即使云结了婚，自己还是要感谢她的，毕竟，他今天拥有的一切都是因为她。

这几天，根生突然很想回家看看他和云栽的那棵杨树。

令根生没有想到的是，他走进家门的时候，云正站在杨树下静静地发呆。多年不见，云显得非常沧桑。相比之下，云倒像多年在外的游子。根生怔了怔，说："你不是结婚了吗？"

疑惑的神色出现在云的脸上，她问："结婚？"根生掏出那张照片，说："我听柱子说的，他还给了我你的结婚照片。看，你还戴着红花。"云看了眼照片，慢慢地说："那是我同学结婚，我给她当伴娘时和她对象照的。我胸前戴的是伴娘的红花啊！"根生猛地一拍脑袋，连说："哎呀！都怪我不认识字！都怪我不认识字！"过了一会儿，根生又说："柱子为什么这样做？"云说："柱子一直想娶我，他经常和我说你在城里找了女人，我一次也没信。我知道你会回来的。"

云的话声一落，根生跑过去把她紧紧地拥在了那棵杨树下。

她和我一样

晓红做梦都想到市中心医院工作。当时，她报考医科大学就是为了能到市中心医院工作。在她看来，只有在市中心医院工作才能体现个人价值，才能实现人生抱负——毕竟这里是全市最好的医院，拥有一流的设备和专家。当然，她也知道，想进中心医院的人太多了。虽然她的学历和业务水平都过关，但毕竟名额是受限制的。晓红的爸爸对此却表现得胸有成竹，他说："没有问题的，陈院长是我的同学，这事情找他不会有难度。"

晓红的爸爸给陈院长打了个电话，便直接来到他的办公室。老同学一见面自然是亲热得不得了。在各自谦虚地表述完近况又回忆了一段往事之后，晓红的爸爸便说出了女儿工作的事情。刘院长一边听着一边却皱起了眉头，还不时地搓着手，说明这事让他为难了。看着陈院长的表情，晓红的爸爸心里也没了底，看来并没有想象的那么简单。可这事关系女儿的前途啊！

见陈院长一直没有说话，晓红的爸爸试探着说："老同学，是不是让你为难了？我知道办这种事情难度很大。如果有希望的话多花点钱也可以，这个我有准备的。"陈院长摆了摆手，叹了口气说："咱俩这关系还谈什么钱不钱的。其实你也知道，现在院里根本就不缺人，上个月有几个和市领导有关系的都让我顶了回去。这事确实难办啊！"既然人家这样说了，晓红的爸爸虽满脸的无奈，可也只能说："没事，没事，真不行再说吧！"陈院长顿了顿，说："只能再说了，不过你放心，孩子的事我不会不管的。只要有机会我肯定首先安排咱自己的孩子。""那就拜托你了。"晓红的爸爸说完，只能先告辞了。

晓红的爸爸走出医院办公楼时，碰上了同在医院上班的另一位同学刚子。经刚子一再询问便说明了来意。刚子指点他说："老同学，你还是太实在。陈院长以前是咱的同学，现在是院长了，不表示一下怎么行呢？"晓红的爸爸说："这事我有准备，钱都带来了。"他随后拍了拍口袋。刚子摇了摇头说："这年头光送钱是不行的，现在的领导有几个缺钱的？咱陈院长喜欢女人，你只要在这方面让他满足了，这事准成。"看着晓红的爸爸满脸怀疑的样子，刚子又说，"你别不信，这种事情我在医院里见得多了。有些人和陈院长的关系还不如咱们近呢，就是靠这样的方式进来的。"

经过刚子的一番点拨，晓红的爸爸仿佛又看到了希望。给陈院长找一位"小姐"对他来说不是难题，随便打几个电话就能解决。

经过朋友们的帮忙，晓红的爸爸最终选了一位外地的女孩。她和晓红的年龄一般大，关键她还未曾真正地走入这个行业，以前只是在夜总会里陪客人唱唱歌、跳跳舞，从没出过台。由于老板的再三劝说加之晓红的爸爸出了相当高的价钱，她才勉强答应了。这样的女孩往陈院长面前一送，他保准会满意。想到这儿，晓红的爸爸赶紧给陈院长打了电话。

陈院长在电话里听晓红的爸爸把具体意思表达完后，虽然口头上还是一番原则和规定，但从声音就能听出来他的心情格外好，说话也比以前幽默多了，还强调要和老同学共同学习，共同切磋。听到这儿，晓红的爸爸才算放下心来，看来这次是走对路子了。于是，晓红的爸爸又试探着问把女孩带到哪里？令他没有想到的是，陈院长竟然让他把那个女孩直接带到办公室里。晓红的爸爸一下子想起了报纸上刊登的那些腐败干部在办公桌上就敢和有求于他的女人做出不堪入目的行为的报道来。晓红的爸爸心想，这也许就是陈院长的"潜规则"吧！

晓红的爸爸带着那个女孩正兴冲冲地走到医院门口的时候，却被晓红给拦住了。晓红的爸爸一怔，问："你来这里干什么？"晓红不高兴地说："我等你很长时间了。"晓红的爸爸忙说："你回家等着上班就行了。"晓红没理爸爸的话，指着女孩说："她是谁？"晓红的爸爸一时支吾，随后撒了个谎说："这是陈院长的侄女，没你的事，快回家去。"晓红生气地说："你就别骗我了，我早就知道了，她是你用来给陈院长送礼的。"晓红的爸爸知道纸里包不住火了，便想用气势压住女儿，大声地吼着说："住嘴，别胡说！"晓红也吼着说："我妈妈早就告诉我了。她本来是想让我珍惜这来之不易的工作，可用这种方式换来的工作，我坚决不干。"看着女儿如此倔强，想到自己为她的工作跑前跑后的如此不易，晓红的爸爸生气地说："你……你懂什么？不这样能行吗？"晓红还是坚持说："如果只有这一个办法，我宁愿不去医院上班。"晓红的爸爸跺了一下脚，指着医院的大门说："在这里上班是你一辈子的前程。"晓红指着女孩反问："可她呢？你怎能为了自己的女儿，却把一个和你女儿年龄一样的女孩当作礼品送人呢？用这样的方式换来的工作我从心里感到不踏实，我会永远生活在阴影里。这也是一个非常漂亮的女孩，她应该也有很好的前程，可也许就是因为有了这一次，就断送了她的一生。"晓红的爸爸又劝："可人家干的就是这种工作。"晓红双手捂住耳朵，愤怒地说："你什么也别说了，她干什么工作我不管，反正咱不能让她干这种事情。"看着已经铁了心的女儿，晓红的爸爸说了句："唉！你真是个孩子。"便一个人气呼呼地走了。

晓红望着爸爸的后背，再一次吼着说："她和我一样，也还是孩子！"

村长的老婆

村长是出了名的虐待狂，先前离了三次婚，都是因为老婆受不了他的虐待。村长现在的老婆之所以要嫁给他，主要是考虑到嫁给村长的优势。嫁给村长她就相当于村里的"皇后"了，她就可以把村里的人都不放在眼里了。

村长的老婆没嫁给村长之前，在村里一直抬不起头来。因为贫穷，也因为自己的父亲是酒鬼，母亲有精神病。在村里，走到哪里她都觉得有人在背后指指画画。她要改变家庭的现状，她要在村里不但抬起头来，还要威风八面地活着。所以，她嫁给了村长。

村长的老婆并不幸福，因为村长的脾气她受不了，挨打挨骂是家常便饭。她身上常常青一块，紫一块的。而村长恰恰就是这样的，连一碗茶端晚了或不合他的温度都会抬手就给她一巴掌。虽然天天挨打挨骂，但她从没反抗过。谁让她嫁的是村长呢？村长是谁？村长是村里的"皇帝"。在她看来，村长打她和她打村民一样，是不容反抗的。

村民们虽然知道她经常挨打，但他们对她还是怕得不行。村长的老婆也就只有村长敢打，别人谁敢？虽然村长打老婆让村民们挺解恨的，但村民们谁也不希望她被村长打。因为她挨了打，就会把气出在村民的身上。

柱子的儿子放学回家，从村长家门口路过，刚赶上村长的老婆挨了打出来。他还没反应过来，就挨了村长老婆两个耳光。柱子的儿子知道村长老婆的厉害，吓得捂着脸直哭。柱子听见后赶紧跑了过来，向村长老婆赔不是："对不起，怪孩子不懂事，别和孩子一般见识。"村长的老婆瞪着眼说："我看你也想挨揍。"柱子说："不知道孩子怎么得罪你了，你要不解气的话就打我，我替孩子赔罪。"

村长的老婆指着柱子的儿子骂："你这个小狗崽子，斜眼瞅我。"柱子知道这又是村长的老婆无中生有，无事生非。但他没法，谁让孩子赶上了呢，自认倒霉呗！这罪还得由孩子受。于是，他替村长的老婆踹了孩子两脚，孩子哭着走了。柱子随后又说："要还不解气，你就打我。"村长的老婆白了他一眼，走进了家。

村长的老婆在村里飞扬跋扈惯了，村民们都躲着她走，见了她就像避瘟神一样。这让她非常得意，感觉自己在村里像赶鸡一样，往哪里一站，村民立刻逃窜。每逢此时，她都会发出会心的笑。

她没想到村长会因为经济问题被抓走了。这一下子，她的威风全没了。在村里像过街老鼠一样，见了村民就躲着走。夜里常有石头、砖块飞进家里，吓得她睡不着觉。以前，虽然经常挨村长的打骂，但她还是比较想念那段日子。

抢　劫

　　大于想钱想疯了。看着村里的同龄人盖楼的盖楼，买车的买车，他再也坐不住了。没有钱在村里抬不起头来不说，三十好几的人了，连个媳妇都没混上。这种日子让他如何能受得了！一想到女人，大于就气不打一处来，现在的女人怎么都钻到钱眼里去了。他原以为自己长得虎背熊腰完全可以吸引女人的视线，可人家一看到他那三间土坯屋，二话不说扭头便走。

　　看来不赚钱是不行了，否则，只能打一辈子光棍。

　　钱毕竟是不会从天上掉下来的，关于如何赚钱，大于是日日想、夜夜思，却始终没有好的路子。他分析了一下村里的有钱人，感觉很难做出他们那样的成绩。比如养鸡专业户柱子，人家是禽校毕业的，有着技术优势。要是自己养了，万一赶上鸡瘟，还不陪掉了腔。再比如赶集卖小商品的大牛，人家是接的他爸爸的摊位，两代人干了几十年才有了今天的几十万家产。他要做这种利润微薄的生意，要多少年才能达到人家的这个水平？

最后，大于的头从隐隐地疼发展到剧烈地痛，但是却还是没想到什么生意适合他做。

想不出法子也得想，就为了能找个媳妇他也得硬着头皮去想，并且还得是快速致富。毕竟年龄不等人啊！

一个夜黑风高的夜晚，大于终于想到了去抢劫。自己虎背熊腰的，只在黑夜里往别人面前一站，就能把别人吓晕了。这样来钱就快了。想到这里，大于简单地收拾了一下自己，揣了一把菜刀走出家门。

虽然长得虎背熊腰，虽然怀里揣着菜刀，真正走在路上的时候，大于还是禁不住有些紧张。以至于先后走过去两个人，他都没敢下手。夜越来越黑，他离村庄越来越远，渐渐地就到了一个干涸的河边。此时，大于觉得有必要找个地方先稳定一下，看了看四周的地势，他觉得一个沙丘下面很好，便走过去蹲了下来。

大于在沙丘下面蹲了很长时间，一只手始终握着怀里的菜刀。一是给自己壮胆，二是随时准备下手。等他感到不再胆怯的时候，却没有从此路过的行人了。这个干涸的河床是两个村庄来往的必经之路，要在白天，是有很多行人的。现在是深夜了，有没有人路过，大于拿不准，禁不住有些着急了。他甚至有些后悔没对刚才路过的行人下手了。

就在大于着急没有人路过的时候，在不远处的另一个沙丘下面突然传来了一声呻吟。大于一阵高兴，没想到还有人在这里等着被劫。他悄悄地走了过去。紧接着他就看到了那个黑影旁边有一个提包。这时，他冲过去猛踢一脚，那个黑影便像肉球一样滚到了河床中央。来不及多想，大于拿起提包就往回跑了。

第一次抢劫很顺利，大于跑到家时还抑制不住激动。他关紧房门迫不及待地打开了提包。随后，大于就失望了，包里除了一团绳子什么也没有。刚才光着急跑，菜刀也掉在了那里。大于算了算，抢来的东西还没有一把菜刀值钱。第一次抢劫就赔了本，大于的心里颇不高兴。

就在大于感到沮丧的时候，有人拍响了他的大门。开门一看，竟是他的舅舅。随后，他的舅舅铁青着脸，一瘸一拐地走了进来。

大于赶紧给舅舅倒了一杯水，他舅舅却一伸手把水打在了地上。大于正在纳闷，他舅舅说："你怎么也去抢劫？"大于一怔，赶紧否认："我一直在家，抢啥劫？"

"你就别装了。"他舅舅说完，从怀里摸出菜刀扔在了地上。

大于一看是他丢的那把菜刀，可还是不承认："这不是我的刀。"

他舅舅生气地说:"你就别装了,这把刀是我干铁匠时给你家打的,上面还有我的章子呢。不是你掉的谁掉的?"

大于一看没法不承认了,便又问:"是我掉的,怎么到你手里了?"

他舅舅随手抽了他一巴掌说:"你抢的那个人就是我!你那一脚也够狠的。"大于一听,赶忙给舅舅跪下来道歉。

等他舅舅的气消了一些后,大于纳闷地说:"我那一脚是踹的你后背,怎么把腿伤得这么厉害。"他舅舅长叹了一声,说:"我今天来,更重要的是告诉你不能走我的老路。我就是觉得干铁匠赚钱慢,才开始抢劫的。这不,我今晚在那抢劫时碰上了一个厉害茬,让他打坏了腿。你去时,我的腿正疼着呢,接着又挨了你一脚!"

大于听舅舅说完,耷拉下了脑袋。

自我感觉良好

如果你在街上看到一个穿着黄大衣，提着人造革的黑皮包，里面还露出几张《A 城日报》的大个子，他就是老彭了。

《A 城日报》是老彭有意识地露在皮包外面的，特别是报头那红色的 "A 城日报" 四个字。老彭总是想方设法地让它朝着街上的人，似乎只有这样才能显示出他的身份。如果你认识老彭，哪怕仅仅和他有过一面之交，只要碰上了，他都会热情地和你打招呼，并且不出三句话，肯定会让你看那几份《A 城日报》。

尽管你没有一点看报纸的心情，老彭都会迫不及待地找出他写的那几篇 "豆腐块" 说："看看，我的文章。" 如果你没有奉承几句，他还会继续说，这是党报，发行量很大的，连农村的支部书记也能看到。如果你说，没想到你还是作家。老彭的脸上会异常灿烂。如果你进一步再说一句："你现在是名人了。"老彭会一边和你握着手，一边用两个手指从黄大衣里面捏出一支劣质香烟来，很热情地让你点上。还不忘解释一番："虽然这烟很便宜，可我只有抽这烟才有写作的灵感，没办法，这么多年来，我已经抽习惯了。"随后，他会耸着肩膀，再来一句："习惯是一种没有办法的事情。"

你肯定无法理解老彭这种自我感觉良好的状态。其实，老彭如果不喜欢文学的话，会在农村把日子过得比现在好。就凭他这一米八几、体壮如牛的大个子，庄稼地里的随便哪样活计都会不在话下的。可老彭偏偏确信他在文学上会大有前途，所以他一毕业就来到了城市。尽管总是处于一种流浪状态，可老彭一想到自己有一天会成为作家就浑身充满了力量。老彭坚信自己在文学上会有所收获的主要原因就是他把一位女文友追到了手。当时，老彭在一家杂志上刊登了个交友启示，那个女文友看他喜欢文学就寄来一封信。一来二往，两人便走到一起了。这是他一直引以为荣的事情，逢人便说："这就是我在文学上的魅力，所以，我会成为大作家的。我女友的眼睛是雪亮的。"

尽管老彭一直做着一个美丽的文学梦，可这么多年来，他只是在地方报纸上发表过一些"豆腐块"。因为始终陶醉在这点所谓的"成就"里，他也无法静下心来多读些书，一天到晚就知道拿着那几张报纸在外面炫耀，所以，他把日子过得相当潦草。幸好，他的女友比他实际，找了一份勤杂工的工作，他们的生活才算能够勉强维持下去。女友曾多次劝老彭找个工作。老彭把眼一瞪："我是作家，岂能做那些没档次的工作？你就等着瞧吧，我会有前途的。"老彭之所以这么说，除了对文学的自信，更主要的是他想到文联或者创作室去当专职作家。他对自己的实力非常自信，曾多次找过一个"管事的"咨询，那人也说有可能，这让老彭热血沸腾，似乎成为专职作家已经指日可待了。但那个"管事的"也提醒他说，这事是需要花钱的。老彭连连点头："我明白，这么大的事，不运作怎么可以呢。"

随后，老彭的女友发了工资，他就赶紧支出一些请那个"管事的"吃饭。当然他明白这只是联络一下感情而已，真要办成事，不"出血"是不行的。所以，他又陆续地从亲戚朋友那里借了钱送了出去。虽然一直没有办成，可那个"管事的"却每次都让老彭充满希望。他带着老彭参加了几次文学活动，让老彭见到了一些真正的作家，老彭一直为此激动不已。当然，让老彭激动不已的是他觉得自己更有希望了，因为那些作家的作品他读了之后一直不服气，感觉自己写得都比他们的好。所以，他有理由相信市里不会不重视他这样的人才的，何况他在那个"管事的"身上已经投入了很多。

可当老彭把日子过到穷困潦倒、债台高筑的时候，他也没有成为专业作家。他每天除了拿着那几张报纸聊以自慰，就是去催促那个"管事的"。那个"管事的"则一直敷衍着他，直到他退了休，老彭才如梦初醒。

老彭的女友对他彻底绝望了，搭进去了这么多钱，他还梦想着将来会成为大作家。她实在忍受不了，便离开了他。对此，老彭反而嘻嘻哈哈，自言自语地说："我还在乎个把女人？我是作家了！"

现在，如果你在街上看到一个穿着黄大衣，提着人造革的黑皮包，里面还露出几张《A城日报》的大个子，嘴里不停地说着："我是作家，我是作家……"你肯定知道他是谁了。

退休之后

　　老赵刚刚从局长的位子上退下来。一到早上，他还是习惯性地拿起包往外走。每次都是走到门口才忽然想起来，自己已经退休了。单位虽然还是自己的单位，但已经不能再去了。想到这儿，老赵就期盼着单位上的人能够来。他觉得单位上应该有人来的。

　　退休之后，老赵一直没有出门。他害怕单位有人来的时候，找不着他。可一连几天过去了，始终没有人上门。老赵觉得可能这段时间单位比较忙，过几天应该会有的。于是，老赵更加期盼起来。

　　老赵坐在家里随时都关注着楼道里的声音。可楼道却静得让他害怕。过了许久，楼道里终于传来上楼的声音了。他一阵兴奋，他感觉可能是单位上的人，便赶紧来到门口准备开门。

可不一会儿，他听到来的人往楼上走去了，心里禁不住一阵失落。就这样，他又等到了中午，总算传来了敲门声。老赵赶紧去开门。开门的瞬间，老赵堆到脸上的笑容就立刻冷却了，原来是送牛奶的！老赵叫来老伴，自己走进了里屋。

又过了一段时间，还是没有人来，老赵的心里便空了。他知道已经不会有人来了。

老赵突然感到从未有过的寂寞和孤独。他联想到在退休之前他母亲的生日宴会上人来人往的情景，真正体会到了人走茶凉。没想到现在的人会是这样！于是，他又想起了他在单位上给别人办的那些事情。想起这些，老赵觉得有一些人是应该会来的。

他觉得司机小孟是该来的。小孟的老婆在农村，是他破例把她招进局里干临时工的。是他解决了小孟和老婆两地分居的问题，所以他是应该来。还有他刚提起来的一位副局长也该来，按理说那副局长根本不够资格，是他力排众议把他提上来的。再就是他战友的女儿，大学毕业在家待了三年都没找到工作，又是他破例招进局里的。还有……老赵想了一圈儿，想到很多人都该来看望他的。可是，连个人影都没有。

正是中了"日有所思，夜有所梦"的俗语。这段时间，老赵想得太多了，以至于头经常疼。这不，他晚上刚睡着就进入了梦里。在梦里，老赵对没有人来看他的事情还是耿耿于怀。于是，他就对着一座大山喊了起来。这时，一个传说中的白胡子老头飘到了他的跟前，问他为何在这里大喊？老赵便把心中的郁闷都说了出来并企求仙人指点。白胡子老头微微一笑说："这很简单，凡事有果就有因，其实都是你自己造成的。"老赵不解，忙说："怎能是我造成的？这些人我都给他们帮过大忙啊！"白胡子老头又说："你只想到给别人帮过的忙了，你就没想想在帮别人的同时，你也没少得实惠啊！"老赵一听不禁有些脸红，可不是嘛！司机小孟求了他大半年，看在他每次都提很多价值不菲的礼物，他这才答应了。而那位副局长是送了他一对金马，他才力排众议的。想到这儿，他又说："我可绝对没收我战友女儿的一分钱，她应该来看我的。"白胡子老头冷冷地一笑，说："你看在她家穷得叮当响，是没有收她的钱。可是你在人家身上没少占便宜啊！所以，凡事不能光想对别人的好，还要反思自己做过的错。他们不来看你，是因为他们心里有杆秤啊！你就好好想想吧！"白胡子老头说完，立刻就消失了。

老赵从梦里醒来的时候，夜色正浓。但是，他再也睡不着了。

与狗有关的事件

出大事了。

演马村的村民都知道出大事了。告示都在村中心小卖部的门口贴出来了。村民们围得里三层外三层，这种效果比从喇叭上喊要传播得快多了。村民们一看告示就知道出大事了。

怎能出这样的事呢？这样的事要放在一般村民家里根本不算个事，可恰恰这事出在村长家了。村长拿这个事特别当事，所以，小事也就变大事了。

告示上都写着呢："村长家的狗被强奸了！！"村长特意在强奸两个字后加了个爆炸的符号，还重点强调指出强奸他家的狗比强奸他婆娘和闺女还严重，主要是行为恶劣，狗的受伤程度特别严重。既有狗为的可能，也有人为的特征。看来，作案者目的性很强，是典型的蓄意强奸，是有意和村长作对，其危害程度不仅仅局限在对狗的伤害上，还有不可告人的阴谋。

这下子可了不得了。村长是谁？村长是村里的皇帝。村长的脾气，村里的人谁没领教过？

所以，村民们都害怕了。特别是家里有公狗的，尽管他们知道肯定不是自己家的狗犯的事，可只要有公狗那就会是最大的被怀疑的对象。大家都知道村长这人向来说一不二。所以，有公狗的村民都把狗死死地看在家里，紧张地等待着事态的发展。家里有母狗的村民同样也紧张得不行，村长善于没事找事，万一他说是同性恋引起他家的狗严重受伤的，那岂不麻烦了？所以，有母狗的村民也把狗死死地看在家里，紧张地等待着事态的发展。家里没狗的村民更轻松不了，告示上写着有人为的特征，这就说明，村长已经想到也许是某个人干的了。尽管这事不可能，可村长要说有可能就有可能，什么事还不是他一张嘴说了算！所以，这一来，全村上下都空前紧张了。

没几天，村里有人传出了消息，派出所已经介入此事。还有人看见村长家里连续几天都有公安人员进进出出。这让村民们都捏着一把汗。特别是以前和村长有过摩擦的人，更是感觉有一个阴影缠着自己，就怕村长会拿这件事情大做文章。紧接着，村里又传出一些消息，已经有人开始给村长送礼了。送礼的目的就是为了花钱买个安心。

在村里，最早行动的是有公狗的村民。为了不让村长怀疑自己，他们都主动送上一份厚礼。村长收到礼的时候也总会安慰他们一句："没事，你放心，这事不像你干的。"只有听到这话，村民的心里才踏实了。

家里有公狗的村民都送过了。村里又有人说，村长以为母狗作案的动机很大。理由是，当今社会的同性恋有很多，这个风气也有可能传染给狗。这话一放出来，家里有母狗的村民以前的担心便应验了，便也开始纷纷给村长送礼。等家里有狗的村民都送过礼了。又有人说，据最新调查，作案的线索表明这事是人为的。这样，目标就集中在了没养狗的村民身上。

于是，没养狗的村民又掀起了第三次给村长送礼的高潮。

这件事情过了很久，村长也没查出究竟是谁伤害了他的狗。不过，还是有人不断地吹这风那风。村民们心安一阵子，又担心一阵子。反正，自从这事出了以后，村里的气氛总是紧张的。于是，一些村民便提出请人协助破案，尽快了结此事。可这事谁跟村长说，村长就冲谁瞪眼。

在镇上做过兽医的张五曾偷偷地检查过村长家的狗，可这条狗分明还是个未曾生育的小狗。他在心里狠狠地骂了一句，但仅仅是在心里。

爱情有多远

　　"一个漂泊在城市里的人比城里人更需要爱情。"这是于火闲坐了一下午之后想起的话。应该说，这句话主要来自他的亲身感受。

　　整个下午，他就这样无所事事地坐在窗前。整个人像呆了一样，脑子里一片荒芜。本来他打算写点文章的，可转眼间一个下午就这样白白地过去了。当窗外又有一枚落叶由某棵大树飘至他的眼前时，他的内心深处又开始隐隐地疼了起来，既为易逝的光阴，又为遥不可及的爱情。

　　在于火漂泊的这座小城，他已经记不清有多少个这样的下午被自己就这样坐过去了。每每想起，就心痛不已，却又毫无办法。这种在外人看来很是清闲的日子已经把他折磨得老气横秋。

于火是一个靠着微薄的稿酬勉强维持生活的人，每空坐一个下午就会像扣去一天工钱一样让他不能不为生活的拮据而惶恐不安。越是这种日子，于火越是渴望爱情，他需要温暖，更需要倾诉与交流。但，他的爱情却离他远去了。

　　认识云儿是在一个下午。那天，于火沿着马路的边缘踽踽独行。他像往常一样竖起风衣的领子遮住半张脸，像电视里的地下工作者。他喜欢这个样子，因为这样感觉自己与季节配合得很好。马路上，尽管有清洁工不时地打扫，还是有叶子不断地落了下来。这些叶子虽然飘落，但它们也是有生命的，它们用自己的方式触动着像于火这样漂在城市的人的灵魂。

　　于火舍不得践踏它们，时不时地偷偷看上几眼。他很想捡起一枚端详一下，碍于面子，只能默默地想想，却丝毫不敢放慢脚步，以免别人看出什么破绽。尽管如此，他的一举一动还是引起了一个女孩的主意，她就是云儿。云儿走上前，俏皮地说："我敢打赌，你是诗人。"于火心里一阵温暖，禁不住问："你也写诗？"

　　女孩眼皮一翻，说："能否先告知你的大名。"

　　"于火。"

　　"呀！真是诗人啊！我在报纸上读过你的诗！"

　　看着女孩的表情，于火想起自己刚毕业时对文学的那份狂热，他又一次感觉到文学的温度。女孩赶紧从兜里拿出自己写的诗，说："我叫云儿，这是我写的诗，请多指教。"于火干脆朝路边的栏杆上一靠，看了起来。

就这样，他俩认识了。

于火没想到爱情来得这么快。爱情之花在云儿第七次来找他探讨诗歌的那个夜晚悄悄地绽放了。

自从有了爱情，于火也像很多男人那样摩拳擦掌信誓旦旦地立志在这座城市扎根。于火曾经无数次地想以一个七尺男儿的身躯和一直让他引以为傲的才华营造一个温馨的家，让他的爱情不但能开花，而且还要结果，他要让他深爱的女人以他为荣。但是，于火错了。无论他怎样疯狂地写作，日子过得依然是捉襟见肘。渐渐地，云儿对文学的热情冷却了，她开始督促于火去找工作。只要赚钱，哪怕是清理下水道也可以。于火想象着下水道的味道，他觉得刚刚稳定的生活又开始岌岌可危。

事情正如于火察觉到的一样，他深爱的云儿真像一片云一样飘走了。云儿临走时斩钉截铁地对于火说了一句颇有深意的话。她说："在这个才华不能当饭吃的时代，你的才华只能让你执迷不悟。你的全部家当只有一支笔、一摞纸、一橱书，这不是我要的幸福，也不会给我带来幸福。也许以后能，但我看不到，等不起，我只有走了，我要去寻找我的幸福了。"

于火深爱的女孩扔下这样的一句话就去寻找她的幸福了。他不能理解，他没想到这个能在马路上和他畅谈诗歌、畅谈梦想的女孩竟然在生活面前比他现实得多。

至今，于火的案头还摆放着云儿写的一些诗歌。在一个晚上，云儿曾经满怀激情地将那些诗句朗诵给他听，动情处还泪湿双目。现在，她却不屑一顾地走了。

云儿虽然走了，但于火却并没有因此而放弃他的追求。想着云儿的话，他常常对自己说，我还将一如既往地"执迷不悟"。

现在，越是置身都市的深处，于火反而越是感到距离这座城市越来越远。路边的花坛里早已失去生命的草丛透过徐徐而来的微风散发着腐朽的气味。嗅着这些气味，于火似乎能听到草枯的声音，而这种声音正在肆无忌惮地破坏着他那越发糟糕的心情。

这个时刻，于火又开始遥望爱情。

丁香花

　　我来省城打工最大的收获是见到了丁香。以前读戴望舒先生的《雨巷》时就总在想，丁香是否很令人愁怀伤感。当别人告诉我这开着四个瓣的白色小花的树叫丁香时，我努力去地感知它带给我的意境，倒也没什么特别。但基于诗歌赋予的最初的丁香印象，我便常来丁香树下散步。

　　我喜欢嗅着弥漫而来的花香，任思绪展开一个又一个美丽的憧憬。当我面对丁香陷入沉思时，背后传来女经理丁柯的声音："干什么呢？是不是在寻找五个瓣的丁香花？"顺着极富磁性的声音，我扭过头说："丁经理，丁香花有五个瓣的吗？""当然有，谁若能找到五个瓣的丁香花，这一年就会有好福气。""是吗？那我一定仔细找找，找到后送给你好吗？"听着我带有拍马屁性质的话，丁柯带着满脸笑容走了。

工作之余，我和丁柯常在一起闲聊。她问："你为什么对丁香感兴趣呢？""我不是想为你寻找福音吗？"这次贫嘴并没有引起丁柯的兴趣。

她又说："我看你和别人不一样，经常在丁香树下偷偷学习。"

"有什么不一样，不都是从农村来的打工仔？"

"我认为你不该待在这里，你会有更好的发展。"丁柯直直地看着我，我把目光移向了远方。天空蓝得深邃、空旷，有一朵白云，正在悠闲地飘荡。已经很久没人对我说这样的话了。在这里打工的人似乎都忘记了追求，或者说当初有过，但也渐渐地被时间和现实消磨尽了。我有追求，却也只能埋在心里。在这种环境中谈宏图大志难免会招来讥讽，不如闭口不语。

丁柯见我没言语继续说："看得出，你不会在这里干很久，你只是在等待机会。"我点了点头。她又说，"我也希望你早日离开，去走自己的路，但并不是我舍得你走。"我很理解她的话，有一种涩涩的东西噎在喉咙。丁柯仿佛一下子成了我浑交多年的朋友。好几次我都想抱住她。我在努力地克制这种冲动。我长舒了一口气，深深地对她说："相聚的岁月没有多少，相识的时间没有早晚。能遇上你这样的知心领导我很荣幸。""你不要喊我经理，私下里喊我丁柯，好吗？"看着丁柯一脸的真诚，我大胆地注视着她的眼睛。她的两颊飞来两朵红云，让身在异乡的我也感到女性的娇柔，仿佛和恋人的约会。

我告诉丁柯，我不属于这座城市，来省城打工是为了寻求更大的机会，最终我会引一个项目回家乡发展。丁柯说："我永远都支持你，也许有一天我会给你打工。"她的话让我热血涌动，眼前又明亮起来，似乎我的成功已指日可待。我轻轻地握了丁柯的手说："我走时一定找到五个瓣的丁香花送给你。"丁柯并没有抽回手，笑得非常灿烂，她说："但愿你走时能下一场雨。"我俩陷入了憧憬中。

不知是有缘，还是偶然，我走的那天竟然飘起了牛毛细雨。密密麻麻的雨丝很滋润，我以为丁柯一定会来，故意推迟了时间。可工人们上班了也没见到她的踪影。我提起行李箱，默默地感受着天空飘洒的离别的泪滴。没有人送，我也没打伞，轻轻地对自己道了声珍重，走出了公司。

我需要穿越一条大街坐公交车去长途车站。我扫视着穿梭的车辆，突然，在站台下一把撑开的白色小伞进入了我的视线，这俨然是一朵雨中的丁香花。随着我不断走近，伞下那张美丽的面孔也逐渐在我眼前清晰地呈现。

是丁柯，真的是丁柯。我感觉身体在飘。

此时，丁柯也走上前来，为我遮住了雨。她说："没想到真的下雨了。我很想和你一起去看丁香。"

"我也很想去，这场雨让我很激动。就算写进小说也不会有人相信。只不过距离我坐车的时间也不多了。生活总不能尽如人意，就像我们不能共同去看丁香花。不过，我会永远记住这个美丽的遗憾。"

"这并不重要，重要的是，你一路走好。"

听丁柯说完，我再也克制不住自己了，一把把她拥进了怀里。

丁柯贴在我的胸前说："原谅我在这里送你，公司里的人太多了。"我点了点头："其实，应该请求原谅的人是我，我说临走时找到五个瓣的丁香花送给你，我没做到。"

"我找到了，送给你，希望能给你带来福音。"她打开一个精致的小盒子，一朵五个瓣的丁香花在里面散发着芳香。在我踏上车的时候，丁柯重复地喊着："我的乳名就叫丁香，我的乳名就叫丁香……"

带着丁柯的体香，带着五个瓣的丁香花，我离开了这座城市。只是，再也没收到关于她的一封信，一个电话，甚至连她的网名也无从得知。